詭軼紀事

陸

禁忌撿紅包

記錄詭譎散軼的靈異故事之書

Div（另一種聲音）、尾巴 Misa、
龍雲、笭菁——著

目錄

（※本故事內容純屬虛構，如有雷同，純屬巧合。）

第一篇——紅包——Div（另一種聲音）

1. 紅包吃人

民國初年，政權混亂，土匪橫行，各大地方勢力擁兵爲重，我們稱之爲——亂世。

亂世，人心浮躁，秩序錯亂，許多的怪事也往往都在這時代發生……

而其中一件事又特別古怪，那是發生在一座偏僻的山區村莊內，一個十二歲的少女小蓮身上。

這天下午，小蓮拉著比她大半歲的鄰居哥哥央求著。「阿剛哥哥，下午的時候，我們去邊村的廢棄老屋探險，好不好？」

「廢棄老屋？那老屋在我們出生前就荒廢了，而且陰陽怪氣的，家裡的長輩也不准小孩去那老屋玩！有什麼好探險的？」阿剛生性穩重，搖了搖頭。

「就是長輩不准才有趣啊。」小蓮拉著阿剛哥哥，繼續求著。「尤其是上次聽到阿舅講過那房子的故事之後，你不會好奇嗎？」

「阿舅？你說那個四、五年才回家一次，喝醉時說的那個鬼怪故事？這妳也當眞？」阿剛眉頭皺得更緊了。

「就是不知道是眞是假，才有去探險的價值！不是嗎？」小蓮姣好的臉龐，露出燦爛的笑。「而且那鬼怪故事，還牽扯到紅包耶。」

這棟古怪荒廢老屋的故事座落在村莊的最邊緣，與茂密森林接壤，村裡的老人家嚴禁孩童去附近玩耍，老人們的說法是，森林交界處常有野獸出沒，難保會咬傷孩童。

那一天，從遠地回來的小舅，在幾杯黃湯下肚後，卻說出了一個截然不同的故事。

那間屋子原本是有住人的，住的人姓王，生性孤僻古怪，極少人記得他的臉孔，甚至連他住了多久也不清楚。

不知道誰傳起此人懂一些道法，能使用陰陽之術，於是某位村民帶頭叫他「王道士」，叫久了大家也忘記他眞名，就以王道士稱呼他。

沒人知道這王道士靠什麼維生，但他總有錢財可以買食物，而且往往是叫村民送到門口，不太讓人瞧見他的面目，村民送食物時總會好奇向屋子內張望，發現有時屋子卻空蕩蕩的，不知道他去了什麼地方。

這位王道士和村莊相安無事多年，村莊也沒出什麼大事，除了十幾年前走失過一個孩童，村民發動大規模的搜查行動卻無功而返，最後歸咎於孩童太靠近森林，導致被野獸叼走。

另外，因爲此時畢竟是亂世，偶有逃竄的士兵來到附近，但都沒造成太大困擾，主要是因爲村莊依靠著山下的張將軍。張將軍算是一個小軍閥，軍力不算弱，也是幾個營的兵力，只要村民按時交出供奉，這張將軍也保著村民。

不過，村莊與王道士的相安無事，卻因爲一件事的發生，而發生了巨大變化。

事隔十多年，又有孩童失蹤，而且失蹤的竟然還是張將軍最疼愛的女兒！

要知道張將軍長年膝下無子，這幾年靠著一帖祕法，才讓張將軍有了這女孩，張將軍把這女兒捧得像是掌上明珠，寶貝得要命。

而這小女孩長相也非常可愛，一頭緋紅色頭髮，沒想到這小女孩卻憑空從將軍府消失了。

張將軍又急又怒，派出所有手下到處探查，查著查著，竟查上了山。

村民向來對張將軍又敬又怕，哪敢隱瞞，紛紛打開屋門讓張將軍的手下搜查，士兵們很快搜完成了整個村莊，只剩下一間王道士的屋子。

士兵敲了足足幾分鐘的門，王道士才終於開門。

「我們要查你的屋子，看看有沒有張將軍女兒的線索！」士兵大聲說著。

「我房子裡面沒有張將軍的女兒。」王道士面孔藏在帽子下，語氣模糊。

「有沒有，我們查了便知，不用你多嘴！讓開！」

「不方便啊，大老爺。」

「讓開！」士兵們皺眉，拿著長槍用力砍向門，把門栓砍斷，然後三個士兵就樣撞開了王道士，闖入了這間老屋。

士兵東翻西找，這老屋不算大，不一會就找遍了，確實沒看見將軍女兒蹤跡，倒是看到許多古怪的東西。

「這啥東西？畫？畫的是有人上吊？」

「這畫上都是鬼？」

「這啥？牆上怎麼掛著足袋？」

「你見識太淺了，什麼足袋？洋人都叫這東西襪子！」

士兵雖然凶惡，但看著這些古怪東西，看了也不舒服，所以他們隨意搜了幾下，狠很瞪了王道士一眼，就要離開。

誰知道，當士兵們走到門口，卻看見門口站著一個村民的小孩。

這小孩全身縮在一起，似乎是鼓起很大的勇氣才站在這裡。

「幹嘛？沒看過士兵查屋？」士兵大聲說。

「兵……兵大爺。」小孩全身發抖，「我有看……看到。」

「看到啥？」

「這人前幾天，牽著一個小女孩，走到屋子裡面，女孩頭髮泛著紅色。」小孩發抖著。「小女孩不斷回頭，她看著我，好像想要向我求救。」

「啊！」士兵瞬間眼睛睜大，然後回頭看向王道士。

「大老爺，別聽小孩胡說啊。」

「再給我搜！」三個士兵轉頭，再次進入屋子裡，而這次搜得更仔細，桌腳、牆縫、床後……

「搜到了！這裡有東西！」一個士兵撿起了被卡在牆角的一撮物品。

那是一撮頭髮，又細又軟，還透著微紅色澤。

「將軍女兒頭髮帶點紅色！」士兵比著王道士，怒斥。「這是什麼？說！」

「這是什麼啊……」始終彎著腰、卑躬屈膝的王道士，卻在此刻抬起了頭，雙眼透出如鬼魅的冷光。

「跟我去見張將軍再解釋。」士兵吼。「走！」

「不，我不打算離開這裡呢。」王道士笑著，忽然，老屋的門砰的一聲關了起來，把他和三個士兵都關入了屋內。

而屋外只剩下剛剛奮勇告狀的小男生，他依然站在屋外全身發抖，然後他聽到了屋內傳出了砰砰的撞擊聲，撞擊聲結束後，他還聽到吸吮的聲音，像是某東西正被用嘴巴吸著，吸到那東西幾乎乾涸。

而混在這些古怪聲音之中，還有一種細微的聲音，但當小男孩往前靠近兩步，他想聽清楚那細微聲音的眞相。

眞相是，那是慘叫。

有人正在裡面虛弱但聲嘶力竭的慘叫。

而下一刻，小男孩面前的門忽然碰一聲打開了，一位士兵瘋了似的跑出來，他臉孔扭曲，嘴邊沾滿唾液，雙目上翻，一邊跑一邊跌倒，最後跑離了村莊，往山下跑去。

這位士兵最後已經精神錯亂，口中都是荷荷怪聲，但小男孩唯一聽懂的，是士兵不斷重複的那個句子。

「紅包，紅包會吃人啊！」

小男孩驚恐回頭，卻見到王道士正在門邊看著小男孩，王道士嘴角正揚起了一個陰惻惻的微笑。

而士兵逃走後的兩天，張將軍親自帶隊上村了。

據說那位發瘋士兵跑到半路就昏倒，被人帶去張將軍的府第，撐不到午時就斃命了，死時他肚子異常乾癟，找醫生來看，醫生說這人的五臟六腑都沒了。

全部被吸乾吃盡了。

於是，張將軍短銃一揮，帶著上百名士兵全副武裝來到這裡，加上以村長爲首的所有村民，一起圍著這棟王道士老屋。

他們對老屋喊話，但王道士始終沒有出來，最後張將軍忍耐不住，下令士兵衝入老宅中，當門被撞開，卻看見王道士橫抱著一個女孩屍身，正不斷咯咯笑著。

當張將軍看見女屍的模樣，發出悲痛大吼，他下令格殺勿論。

「是誰壞了我的好事？是誰壞了我的好事？」王道士笑著，最後目光停在一個躲在大人背後的小男孩身上。「你就是舉發我的小孩？你住在村南，姓吳，是吧？我們的恩怨不會只在這一代！哈哈！」

小男孩躲在大人背後，全身發抖，但他的清澈目光卻依然與王道士相對，沒有移開。

「這老道士很邪門，不要進屋，直接開槍！」張將軍怒吼。

下一刻，張將軍的士兵發射了火槍，砰砰砰煙塵瀰漫，王道士身體往後倒去，隨即又有士兵拋出火把，轟的一聲整個老屋燒了起來。

就這樣，老屋陷入了火海中，不斷燒著，燒了整整三個時辰，火才漸漸熄滅。

當火滅去，張將軍的士兵再度踏入老屋，他們翻找焦黑的殘骸，找到了兩具屍骸，成年男子身形是王道士，他們當場把成年男屍的頭鍘斷，讓村民隨意找地方埋了，而另一具女孩焦屍，則由張將軍的士兵帶回去好好安葬。

對張將軍而言，王道士這妖孽已經收拾，但對村民而言，事情卻沒有如此輕易結束……

因為自那天晚上起，每到深夜時刻，總會聽到老屋殘骸裡不斷發出嚎叫聲，聲音淒厲又陰沉，許多村民聽了渾身不對勁，嚴重者甚至會大病一場。

村裡找了幾位道士祭拜也不見起色，最後全村共同決定，將這件事封印在老一輩的記憶中，僅告誡村裡小孩不可靠近，因為森林會出現野獸將小孩叼走。

轉眼就過去了數十年，慶幸的是，這幾年倒是一個小孩都沒有失蹤，當村民們已經漸漸遺忘，甚至要將王道士的事蹟，化成一罐破老甕，深埋地底之時……這位從外地回來、喝得大醉的小舅舅，卻將這一切說了出來。

更引起了村裡面好奇心強盛、生性大膽的女孩小蓮的興趣。

不只如此，她更打算拉她最喜歡的鄰居哥哥阿剛一起，進行這次危險而神祕的探險。

紅包吃人？到底是什麼樣的紅包會吃人？

「就在這裡了。」

此刻小蓮和阿剛來到了森林邊緣，這裡一片鬱鬱蒼蒼，彷彿從未有人居住於此地，可是，小蓮眼睛銳利，她很快就發現了密佈的藤蔓樹根下，掩蓋著幾片漆黑的磚瓦。

「阿剛哥哥，快來幫忙。」小蓮開始拉開樹枝，「老屋的殘骸在這裡！」

「唉。」阿剛哥哥嘆一口氣，也跟著出手幫忙，阿剛哥哥身強體壯，他拿起斧頭，把一些粗壯到無法拉開的樹枝砍斷，不用一會，就露出了底下的老屋形貌。

佔地約五、六十坪大小，半倒的牆壁，腐爛的木桌椅，這裡確實曾有人居住。

「小蓮，老屋都燒成這樣了，還有什麼好看的？」

「對啊，燒得很徹底。」小蓮仍在老屋殘骸中探查著。「不過，你聽完故事之後，不會產生一些疑問嗎？」

「疑問？」

「是啊。」小蓮說，「就像是第一次士兵明明搜查過整個屋子，卻只有發現張將軍女兒的頭髮，那本人呢？當時張將軍的女兒被藏在哪裡？」

「呃。」阿剛呆了一下。「對耶，他女兒被藏在哪？」

「而且故事還有另一部分也怪，那就是王道士如果不想被殺，大可逃跑。」小蓮展現了她的聰穎。「他幹嘛不逃？留在屋子裡面等著被張將軍殺掉？然後被一把火把屋子燒了？」

「這……」阿剛搔搔腦袋，木訥質樸的他，確實想不出這兩個問題的答案。

「所以，我想繼續探索老屋，因爲這兩個問題的答案……」小蓮站在殘骸的正中央，由上而下，看著這一切。「肯定都還藏在這間會夜夜悲鳴的老屋裡面。」

「可是，它都燒成這樣了，哪裡還有答案？」阿剛滿臉疑惑。

小蓮沒有立刻回答，她蹲下，用手在地上不斷摸著，一邊摸一邊移動，就在老屋的左側處，她停下了動作。

「這裡。」

「那裡？」

「這裡有暗門。」小蓮抬起頭，臉上驚喜。「果然，老屋有祕密，阿剛哥哥，可以幫我把這暗門打破嗎？」

「妳哪那麼厲害？當年張將軍的士兵沒有找到，妳卻找得到？」阿剛搖頭，但他還是拿著斧頭過來，瞄準剛剛小蓮比的地方。

「當年房子燒了，王道士也死了，鬼才相信張將軍的士兵會認眞查。」小蓮充滿自信。「這裡面一定有暗室，當時張將軍的小女兒一定被藏在這。」

「讓開，我破了它！」阿剛舉起斧頭，然後用力往下一劈。

垮喇一聲。

整個暗門被這一斧劈得往下陷落，露出下面一大片黑色空間。

但也就在暗門被破開的一瞬間，小蓮突然感覺到一陣強烈的寒意，彷彿什麼東西從下面的黑色空間衝了出來，帶著魔魅的尖叫與狂笑，衝上了天空。

連帶的，這片森林也發出嘩嘩的聲音，隨即，就莫名的寂靜下來。

鳥的叫聲、松鼠跳躍樹枝的聲音、昆蟲爬過枯葉的沙沙聲，在門被劈開之後，全部都消失了。

剩下的，是一片死寂。

小蓮低頭看著暗門下的這片黑暗，向來大膽的她，突然感到不安與害怕。

「真的有暗室耶！」這下子，反而是阿剛被引起了興趣。「我們下去看看？」

「阿剛哥哥……」

小蓮來不及阻止，阿剛已經提著斧頭，跳下了底下暗房之中。

然後阿剛的聲音從下面傳了出來，「很暗，但有油燈，等等，我點一下燈。」

小蓮看著阿剛在下面發出窸窸窣窣的聲音，小蓮深吸了一口氣，也慢慢的爬了下去。

當小蓮的腳落了地，踩在地板的木頭上，同時間，阿剛發出低聲歡呼。「點亮了。」

油燈顫動了幾下，發出暈黃的光線，亮了起來。

也就在此刻，阿剛和小蓮同時看清楚了整個地下暗室的模樣。

「啊啊啊啊！」

然後，他們同時發出了尖叫。

因爲，整間暗室，竟然全部都是棺材，大大小小，至少二十具棺材！

「棺材！都是棺材！」饒是小蓮大膽，也感到呼吸困難。

「不會……都是殭屍吧？」在只有油燈照亮的晦暗不明地下空間中，阿剛的聲音也在發抖。

這些棺材有的大有的小，大的棺材足以擺入整個成人，小的棺材則如同初生嬰兒，就這樣或橫擺或直立，放滿了整個地下暗室。

「殭屍？殭屍只是古老的鄉野……鄉野傳說啦。」小蓮鼓起勇氣，伸手摸著這些棺材，她發現了異狀。「這棺材上，都貼著一個紅包袋！」

「紅包袋？」阿剛聽到小蓮這樣一說，也跟著摸上了棺材，確實都黏著一個紙做的紅包袋。

「過往棺材上會擺上幾枚銅錢，算是給死去的人買路錢，但這樣貼在棺材上幾乎沒看過。」小蓮皺眉，她更仔細看著每座棺材，然後她停在暗室最後端的一具棺材前。「這棺材，不太一樣。」

「哪不太一樣？」阿剛在這暗室待了一會，也沒看見殭屍跑出來，初時的恐懼心漸去，也湊上了前。

「顏色不同，你看，它是白色的。」小蓮的指尖輕撫過白棺的表面，觸手冰涼。「這是玉棺啊。」

「玉棺？」阿剛一愣，「這是啥意思？」

「玉棺通常是身分特別尊貴的人下葬時才會使用的。」小蓮說。「這一只玉棺，價值不斐啊。」

「所以裡面的屍體，生前很有地位？像是貴族之類的？」

「裡面有沒有屍體也說不準啦，不過王道士到底是什麼來頭，怎麼會在自己房子下方擺滿了這麼多棺材？而且還有一具玉棺？」小蓮歪頭。

阿剛也跟著小蓮一起摸著這玉棺，忽然他疑的一聲。「疑？」

「怎麼？」

「這裡，也有紅包？」

「有紅包是正常的啊。」小蓮不解的看著阿剛。「每個棺材都有黏著一個紅包不是嗎？」

「不，不，我的意思不是這樣……」阿剛語氣困惑。「而是我剛摸到紅包時，我覺得……它動了一下。」

「動了？」小蓮啊的一聲，「阿剛哥哥，你不要嚇人。」

「我想一定是錯覺，會不會有小蟲子跑進去，老屋這裡火燒之後，這麼多年都沒人跡，紅包袋裡頭溫暖，會不會有蟲子鑽入其中保暖了？」

「是嗎？」小蓮疑惑的觀察著這玉棺上的紅包，此刻就算是燈光晦暗，她仍有一種感覺，這紅包是不是特別鮮紅豔麗啊，讓人想起鄰村最妖豔的四姐的口紅色。「是不是有蟲子，拿下來看一下裡面不就得了！」

「別，別吧。」

「看一下沒事的。」

事後當小蓮再回想起這一幕，她總感覺到一股寒冷的古怪，當時明明看見這麼多具棺材，為什麼她和阿剛哥哥不但沒有退縮，反而繼續往前探索？甚至去撫摸每個棺材，直到發現這些紅包袋？

彷彿，有股什麼力量正吸引著他們兩人，一步一步往前端的黑暗泥沼走入，直到發生了無可挽回的結局。

不過，這些感覺畢竟只是事後回想，當時的小蓮確實伸出了手，輕輕的撕下了玉棺上的紅包袋。

紅包袋鼓鼓的，確實像是有什麼東西在裡面。

「小心啊，小蓮。」

「怕什麼？蟲子？」小蓮微笑，「阿剛哥哥我們住在森林邊，整天和野獸蚊蟲爲伍，怎麼會怕蟲子！諾，你看。」

此刻，小蓮已經轉過身子正對著阿剛，而剛才的玉棺則在小蓮的背後，在這陰暗不明的暗室中，小蓮伸出了右手，把手中的紅包袋口，對準了阿剛。

「看什麼……」

「看裡面有沒有蟲子啊，不就是空的嗎！」小蓮微笑，手伸得筆直，將紅包袋湊到了阿剛面前。

而同時間，阿剛的嘴巴卻慢慢的張開了。

他嘴中發出低聲的喝喝音，眼睛直直的瞪著前方，就是小蓮的身後……

「阿剛哥哥，幹嘛表情這麼恐怖，嚇我嗎？」

阿剛眼睛睜得老大，嘴裡的怪音中含糊的吐出了一個詞。

「玉棺，玉棺……」

「玉棺？」

「玉棺，裡面，有手……」

有手？

小蓮一驚，她驚愕回頭，一幅讓小蓮一輩子難忘的恐怖畫面，就這樣出現在她面前！

因爲本該生路斷絕的玉棺中，棺蓋竟然慢慢抬起，而棺中更伸出了一隻手，這手蒼白無血色，指甲全部掉落，露出下面暗黑血肉，根本就是一隻屍手。

不只如此，這隻恐怖屍手，就這樣就朝著小蓮的肩膀抓來。

「啊！」

這屍手帶著一股強大蠻力，竟要把小蓮跩入棺材內。

「救命！阿剛哥哥！救命！」小蓮慘叫間，雙手拼命揮舞，就要被拖入棺材裡。

而阿剛呢？

目睹如此可怖荒唐的畫面，正常人的反應通常只有兩種，一種是大叫轉身就逃，逃出老屋，逃出這荒誕的畫面。

另一種則是當場眼睛翻白，口吐白沫，昏倒在地，藉著腦中的意識空白來逃避現實。

但，這一刹那，阿剛卻都不是這兩種反應。

「不准對我的小蓮動手！」阿剛怒吼，勇往直前，他甩動斧頭，就要把那隻屍手當場砍斷。

但屍手卻像是有眼睛般，快速放開了小蓮，然後一翻一轉，竟然抓住了阿剛握住斧頭的手。

接著，開始把阿剛往玉棺裡面拖。

「阿剛哥哥！」小蓮跌坐在地，她掙扎起身，要拉住阿剛。

但這屍手力量大得詭異，當它抓穩了阿剛，下一秒，就這樣把阿剛整個拖入了玉棺半開的縫隙中。

縫隙明明極度窄小，只能容許一隻手伸出，但竟能把阿剛這已經成年的男子體型，直接拉進去。

拉力強大，拉到剩下阿剛的一張臉，剛好卡住玉棺縫隙。

阿剛的臉，正看著小蓮。

「小蓮，我，我，」阿剛整張臉扭曲變形，顯然承受著巨大的痛苦。「快逃，快逃。」

「阿剛哥哥……」

「我不成了。」阿剛的臉正不斷往玉棺內陷落，格格的怪聲表示著臉上的骨骼正不斷被擠碎。「我有句話要說……」

「阿剛哥哥！不要！」

「小蓮，我喜歡……我喜歡……妳。」

當阿剛這句話出口，下一瞬間，阿剛的臉就被整個拉入了玉棺之中。

緊接著，碰的一聲，棺材板再度闔上。

暗室中剩下的，只有小蓮所發出的，迴盪不斷的驚恐哭聲。

「放出我的阿剛哥哥！放出來！」小蓮用纖細的手腕抓起斧頭，拼命朝著玉棺劈去，一下接著一下。

但玉棺不知道是一款什麼樣的玉石，竟然比斧面的鐵還要堅硬，已經劈到斧口都已經翹曲，卻連一條傷痕都沒有劈出來。

小蓮連劈三、四十下，劈到她虎口裂開，滿手鮮血，她知道以她之力救不了阿剛，不管玉棺裡面是什麼鬼物，至少阿剛再關下去，遲早會窒息而死。

小蓮當機立斷，扔下斧頭，奮力爬出老屋地下暗室，開始往村裡跑。

她力氣太小，劈不開玉棺，但村裡壯漢不少，幾個人拿斧頭或大刀，就算硬鋸也能把這臭玉棺鋸成兩半。

小蓮跑著，一邊哭著一邊跑，跑過了彎曲小徑，跑過荒野長路，跑向了村裡。

她遠遠看見幾個村民正聚在一起說話，小蓮急忙舉起手，就要對那些村民求救……

只是，當小蓮張開口，「張三叔、李四哥，阿剛哥哥……咦？」

小蓮的動作陡然停止，手舉在半空中像是凝固般動也不動。

阿剛哥哥？

眼前正在說話的三人之中，除了張三叔、李四哥，剩下一人，身材壯碩高挑，五官端正，不是阿剛哥哥是誰？

「小蓮，怎麼？怎麼一臉驚惶？唉啊，妳一身髒是怎麼回事啊？」張三叔笑著說，「妳這頑皮天性，又去哪探險了啊？」

「我，我……」小蓮的手慢慢縮回，眼睛緊緊盯著眼前的阿剛。「……阿剛哥哥，你，你自己逃出來了啊？」

「什麼自己逃出來？」阿剛看著小蓮，眼睛瞇起，露出微笑。「我一直在這啊。」

「是嗎？可是，剛才，老屋，紅包？」阿蓮只覺得腦中一片混亂，她往前走著，走到了阿剛哥哥面前。

「小蓮妳到底在說什麼，我怎麼都聽不懂？」阿剛依然維持著微笑，高挑的他由上往下看著小蓮。「什麼老屋，什麼紅包的？過年還沒到，就想要壓歲錢啊？」

「不是，不是。」小蓮看著阿剛哥哥的臉，難道剛剛老屋發生的一切，只是自己的幻覺嗎？不對，那阿剛哥哥的臉卡在玉棺縫隙的時刻如此眞實，那不是幻覺！

想到這裡，小蓮忍不住伸出手，碰了碰阿剛的臉。

她想知道，阿剛的臉是不是如同那時候一樣，被擠到骨頭都碎裂了？

但就在小蓮碰到阿剛哥哥臉頰的瞬間，她忽然感覺到指尖傳來一種古怪感覺，冰冷的，扎手的，重點是……非常陌生！

小蓮從小和阿剛哥哥一起長大，從不懂人事的小嬰孩到逐漸瞭解男女之事，她不知道摸過、拍過，甚至打過阿剛哥哥的臉頰多少次。

但她此刻這一摸，卻讓小蓮感覺到非常陌生。

她甚至無法確定，摸到的究竟是不是人的臉？

因爲這份驚嚇，讓小蓮把手縮了回來。

「幹嘛？」阿剛看著小蓮的模樣，嘻嘻笑著。「我的臉怎麼了？帶刺？」

「沒。」小蓮摸著手，她清楚看到了，阿剛在嘻嘻笑時，眼裡一閃而過的冰冷。

這個阿剛絕對不是阿剛哥哥。

而且他也知道，小蓮發現了。

這時，小蓮把頭轉向張三叔和李四哥，焦急的說，「張三叔、李四哥，拜託，你們可以跟我走一趟嗎？老屋那裡……」

「老屋？」張三叔臉色變了，「妳啥地方不好玩，跑去老屋玩？」

「對，對不起，但我剛剛發現了老屋下面有一間暗室，裡面有很多棺材，棺材上面貼著紅包，還有一個玉棺，請你們一定要來一趟！」小蓮說得都要哭出來了，只差沒有跪下了。

看見平常大膽的小蓮神情這麼焦急，心地宅厚的鄉下人張三叔和李四哥點頭，「那我們去一趟。」

也許是老屋事關重大，張三叔和李四叔更是呼朋引伴，湊齊了村裡二、三十個壯漢，一起朝著老屋而去。

當一大群人浩浩蕩蕩來到殘破老屋之時，接下來發生的事情，卻讓小蓮更吃驚了。

燒起來了！老屋竟然又燒起來了！

炙熱的烈焰衝上天際，而且火焰是從地下暗室中冒出來的。

等到火燒了幾個時辰，當村民再下去探查，除了棺材全部燒盡，最重要的那只玉棺，卻已經不翼而飛了。

「小蓮，妳說什麼玉棺？」村裡的大人對小蓮質問。「啥都沒看到啊！」

「不過小蓮也是厲害啦，當年那些士兵沒發現老屋下面還有一間密室，裡面還眞的有點古怪。」

「這間密室可能就是那個王老道用來藏張將軍女兒的地方吧？」

「所以王道士的傳說是眞的？」

「半眞半假吧，眞有王道士，眞的被張將軍給宰了，但那三名士兵猝死的事情，搞不好是誇大。」

「對啊，哪有紅包吃人的事？紅包不就是過年發發壓歲錢嘛，哪能吃人？是裡面包的錢太少，所以傷人吧。」

老屋的地底暗室被挖掘出來，刺激了村民的記憶，他們交頭接耳的討論著。

而這群人之中，只有小蓮呆呆的看著眼前的一切，她淚流滿面，眼淚滴滴答答從臉頰滑落。

因爲只有她知道，剛剛到底發生了什麼事！而且她還知道，此時村裡的阿剛已經不是她的阿剛哥哥了。

那絕對是一隻妖物，這隻妖物就算不是王道士，也和王道士脫不了關係。

當年王道士沒有逃走，反而敞開門讓張將軍的士兵槍斃自己，就是避免暗室裡面的紅包與棺材被發現。

而暗室中的玉棺就這樣等待著，等待誰來自投羅網。

這就是老屋謎團的謎底，而這一切都是小蓮自己招惹來的，是她的好奇心害死了阿剛哥哥。

是她害死了阿剛哥哥！

小蓮一邊哭著，一邊默默發下重誓，她會用盡一生之力對付這隻妖物，更會替阿剛哥哥報仇。

是的，一生之力。

而轉眼，小蓮的這一生，漫長的一百零八年已經過去，她終於要再次與這隻妖物對決。

這隻妖物，就是「老師」。

時序，拉回現代。

阿生母親的魂魄被「老師」所囚，逼得眾人不能再被動的被老師咒法攻擊，而必須主動找出老師蹤跡，並釋放阿生母親魂魄。

爲此，眾人再次來到聚會之地，大廟。

在大廟裡如同迷宮般的百個房間之中，有一個房間居住著一位高齡一百零八歲的婆婆，她是最有辦法對付老師的人。

房間內，以婆婆爲首，還有從小在大廟中長大的女孩小杓，事件的核心同時也是富甲一方的阿生，與老師命運糾葛甚至多次阻止老師的吳家後人。

而這群人，才剛剛聽完一百零八歲的婆婆，說完了她年輕時的故事。

「婆婆，所以您就是小蓮？」聽完故事後，吳家後人之一小嵐，小心翼翼的問。

「是的。」婆婆半躺在床上，慢慢的說著。「我就是當年那個好奇莽撞，以致於害死阿剛哥哥的笨女孩，小蓮。」

「那後來呢？」阿生也問了。「妳和那個假的阿剛……」

「我在村裡處處提防他，而他也可能因爲剛獲得新的身分，不敢太過張揚，雖然想要害我，但始終沒有得手，而過了不到一年，他就從村莊離開了。」

「離開，是……」

「我想這位老師，既然借了陰陽禁忌之法延續生命，一定要不斷盜取他人壽命才是，所以他會在自己的地下暗房擺放眾多棺材，那是一個陣法。」婆婆說，「他會離開小村也是合理的，因爲我已經知道他的身分。」

「原來如此……」

「不過，我可沒有放棄追逐他，我修行了道法，到處探詢那些無法解釋的事件，因爲我相信這些鬧鬼的案件背後，其中一定有幾件案子是他藏身在後搞的。」

「嗯。」

「我也確實發現了他的蹤跡，更與吳姓後人聯繫上了，那個金手鍊就是我給吳萬乘的。」婆婆說到這，嘆口氣，「這幾年他惡形惡狀也夠了，終於走到這一步了。」

「婆婆，」這時，阿生說話了。「我記得我母親求子的回憶中，也有提到類似的場景，佈滿棺材的房間，每個棺材都貼著一個紅包……」

「是啊，我想老師這人，應該又創造了一個類似的陣法。」婆婆說，「而且他這次還主動現形，要你去救母親，可以理解他應該急了。」

「急了？」阿生問。

「是的，因爲吳家後人接連破了他的清明、中元、萬聖到聖誕等手段，再加上你的三把火他也失敗，他急了。」

「急了，他在急什麼？」

「這老妖怪，所介意的應該只有一件事，壽命。」

「壽命？」

「他不斷盜取他人壽命，藉此延續自身陽壽，如今他詭計接連被破，以致他陽壽已經快要用盡了。」婆婆說，「所以他以你母親魂魄爲要脅，要你自投羅網，讓他取得陽壽。」

「啊！」阿生一抖，「可那是我母親，我非去不可啊！」

「當然，你非去不可，這可是無可拒絕的一場對決。」婆婆慈祥一笑，「只是我們得先想到老師會用什麼手段。」

「手段？」

「對，就是手段！」

不過，就在阿生想繼續追問時，忽然一件奇怪的事情發生了。

那就是房間的門竟然被嘎一聲推開了，明明所有人都在屋內了，門外來的人，是誰呢？

而當此人一開口，更讓眾人譁然。

「用手段？小蓮啊，呵呵，妳果然很瞭解我呢。」

眾人轉頭，卻見一個有如紳士的中年男子，打開了門。

「廟裡的房間錯落宛如迷宮，要找到妳可不容易，容我和各位自我介紹，我就是你們口中的老師，或者，稱我爲阿剛也可以。」

2. 紅包壓歲陣

「老師！」現場所有人一陣譁然，吳家後人中的小龍仗著自己年輕，更站到眾人面前，掄起拳頭就要追打老師。

「唉，」老師舉起戴著手套的右手，「別激動，一來你打不贏我的，二來我可是來送禮的。」

「送禮？」

「當然，這禮物就是告訴你們，怎麼拯救阿生母親的魂魄啊。」老師嘴角揚起。

「啊，你要告訴我們？」阿生語氣激動。

「當然，我可是一片誠意，不然就怕時間到了，你們連我的家在哪都沒法找到。」老師說，「你們剛剛應該已經聽過小蓮的故事了吧？」

老師一邊說著，目光看向坐在床上的百歲婆婆。

「哼。」婆婆回看老師，目光嚴厲，無半點懼色。

「小蓮妳一點都沒變呢。」老師一笑。「我是特地來解釋當年小蓮在地下暗室看到的陣法，這是古老的紅包壓歲之鎮。」

「紅包壓歲之陣？」阿生問。

「這與三把火相同，都是源自於秦皇延壽祕術，你們可知道，壓歲錢爲什麼要叫做壓歲錢？」

「壓歲錢就是壓歲錢！不過就是過年時開心領個紅包，哪來那麼多典故？」

「錯了，壓歲錢的中間的那個『歲』字，原來的字是鬼怪作祟的『祟』字。」老師說，「這是一種古老的中國妖鬼，遠從商周年代就存在了，牠們在荒漠中遊蕩，長生不死，專門吞食睡眠者的靈魂，尤其愛吃小孩靈魂。」

「什麼？壓歲錢的歲，其實是祟？而且還是一種妖鬼？」

「沒錯，而古老的道士爲了對付這種妖鬼，在紅包中放置銅錢，放在小孩枕邊，因爲紅色能克制祟，所以紅包可以封印這妖鬼。」老師說，「這才是紅包與壓歲錢的由來。」

「啊……」

「而當秦始皇號令天下要長生不死祕術之時，便有巫師貢獻了這陣法，透過崇吞噬靈魂，然後將靈魂的壽命取出，奉獻給特定的人。」老師微笑。「其細節不足爲外人道，不過小蓮那日在地下暗室看到的就是此陣。」

「而你，偷了阿剛哥哥的命！」婆婆開口怒斥。

「可別這樣說，阿剛可是自願爲妳犧牲的。」老師冷笑。

「等等，類似的場景在我媽的故事中也出現過，」阿生喃喃自語。「紅包與棺材……」

「是的，如果沒有這個陣法，嘿嘿，你根本就不會出生。」老師看著阿生。

「放屁！」

「如今，我只是拿回我借你的壽命，何錯之有！」

「我與你們追求事物原本就不同，但壽命之陣『紅包壓歲陣』講究施者與受者的公平，爲了此陣能順利啓動，我特來告知你們，此陣的運作方式。」

「哪那麼好心？」

「好心？等你聽完，再下評論吧。」老師冷笑。「七日後，你到我家，地下室之中我已經設下此陣。」

「哼。」

「此陣共有五五二十五具棺材，或大或小，上面都貼著一紙紅包。」老師說，「而你母親無法超生的魂魄，就在其中一具棺材中。」

「我媽媽的魂魄……」

「但我說過這陣法講究是施者與受者的公平，所以，你必須找到你母親的那座棺材，並且撕下紅包。」老師說，「當紅包被撕下，鎮壓祟的力量就被解放，你母親魂魄就自由了，從此回到輪迴，按照陣法規則，我再也不能插手管她。」

「這樣就能救回我的媽媽？」阿生眼睛一亮。

「等等。」這時，一直沉默的高中女孩小杓，她用她清亮且清晰的口齒說著。「如果撕錯紅包呢？」

「嘿嘿。」老師笑了，笑容帶著一股冷冽的陰氣。「妳叫小杓，是嗎？年紀小小，靈力頗高啊。」

「請回答我，如果撕錯紅包呢？」

「撕錯，裡面的祟被釋放，又沒有足以保護你們的靈魂，」老師嘿嘿笑著。

「那人就會被祟拖入其中，然後……」

「然後，他的壽命，就被你接收了，對嗎？」

「哈哈，哈哈哈。」老師舉起戴著手套的右手，大笑起來。「果然聰明，我說過紅包壓歲陣，是一個施者與受者公平的陣法，你們可以救走阿生母親的魂魄，我當然也有機會取得壽命啊。」

「哼。」小杓大大的眼睛，瞪著老師。

而老師則是慢慢從上衣口袋中，抽出了一張名片。然後走了兩步，放到了百歲婆婆的面前。

「小蓮，」老師微笑著。「這近百年來，我知道妳不斷追著我的足跡，破壞不少我的計畫，但人的壽命終究有限，百歲已是常人極限了，不是嗎？」

婆婆看著老師，就算她已滿臉皺紋，一雙眼睛仍炯炯有神。

「我就算離開，也會把你帶走的，王，道，士。」

「王道士？哈哈，我好久沒用這名字了呢，這已經是我第幾世名字啦，第三？第四？」老師冷笑。「可惜了小蓮，尋常人終究抵不過壽命，就像是吳家後人吳萬乘用壽命和我鬥法，時間一到還是死了，而妳可惜一身道行，活到百歲也該到頭了。」

「不管你怎麼說！二十五個棺材中，我們一定會找到阿生母親魂魄所在的那一個！」小杓大聲的說。

「是啊。」老師退了一步眼睛瞇起，歪著頭看著小杓一會。「妳倒是收了一個不錯的小女孩啊，這女孩天生的靈力高，要養大不容易，若吃下妳的陽壽一定很補吧，也罷，在我接近永生的歲月裡，一直不乏有你們這樣的人，因爲這樣我才不會無聊啊，哈哈。」

「我們會阻止你，我們會讓你回歸塵土！就像你的右手！」

「哈哈，」老師拉下右手手套，只見他右手皮膚乾癟朽敗，有如枯爪，長在一活人身上委實恐怖。「是我的手繼續老去，還是再次回春？我很期待啊。」

說完，老師退了兩步，鞠躬轉身，就這樣離開了大廟中婆婆的房間。

徒留下婆婆、小杓、阿生，以及吳家後人們，還有憤怒與沉默的氣氛。

這氣氛中，只聽到阿生像是自言自語般說著，「二十五分之一，只有二十五分之一的機會，不會太低嗎？」

3. 準備

老師走了，留下的那張名片，寫著他的住址和聯絡電話，還有附註著七日之約。

這張名片，彷彿張好網等待獵物的蜘蛛一樣。

「接下來，我們該怎麼辦？」阿生蹲著低頭，他自從老師離開之後，就顯得非常焦躁。

阿生，這位繼承了父母巨大財產，更將這些財產發揚光大，擁有鉅額財富的三十九歲男子，此刻卻顯得徬徨無助。

「爲了拯救你母親的靈魂，我們得迎戰才行。」婆婆說，「這個紅包壓歲陣對施者與受者都是公平的，也就是說，每個紅包不會一模一樣，你母親的紅包，一定存在著某個專屬母親的特徵，你要把它找出來才行。」

「找出來……找出來……」阿生看著婆婆，「可是，我怎麼知道老師不會搞鬼？」

「這陣法講究公平，老師無法搞鬼的。」婆婆搖頭。「但難保老師不會在外設置一些惡靈，讓你產生恐懼進而誤判，但這部分，就交給小杓吧。」

「小杓？」阿生看向小杓。

「嗯。」小杓沉穩的點頭，「若是那些惡靈，我可以處理。」

「真的？」阿生懷疑的看著小杓。

但小杓挺胸抬頭的樣子，似乎真有些辦法可以對付老師的惡靈。

「你就別擔心這些事了，七日說短不短、說長不長。」婆婆說，「你回去找你母親的任何事，任何蛛絲馬跡都可能會是關鍵。」

「好的，婆婆。」阿生對婆婆一鞠躬，眼睛卻短暫在老師名片之上多停留幾秒，才嘆氣起身，離開了這房間。

七天時間眨眼過去，這段時間阿生依著婆婆指示，到處蒐集著母親的過往記憶。

從他母親小嬰兒照片開始，一路看到高中、大學、結婚，然後終於懷孕，到年老以及過世。

在看這些照片過程中，阿生不知道落下幾次眼淚，因爲阿生的父親忙於事業，所以阿生幾乎是母親一手帶大，他對母親的依賴極深，想到母親爲了生下自己，竟在死後被老師的陣法困住，化成女鬼，更讓阿生無比心痛。

阿生追尋母親的過程不只是照片，更去了母親曾住過的老家，探訪每個認識母親的老長輩、母親的老同學，也去了母親曾唸過的學校、工作過的地點等……

阿生帶著一本筆記本，七日內夾了上百張照片，也抄了無數的筆記。

他必須拼命才行，因爲這是二十五分之一的機會，渺茫且危險。

同時間，小杓這邊也爲了七日後展開了準備。

她準備的方式非常奇妙，她開始收集廟中的香灰。

小杓將祭祀大鼎中的香灰取出，特地奉於大廟中祭祀了七天，之後更仔細分成小包，做成了香包。

她知道這些香灰，先以古老中藥材製作製成了香炷，然後又被信徒持香祭拜，已經融入了一定的念力，更長年在正氣凜然的大廟中奉著，其力量就是大廟力量。

小杓將其製成香包，給他人戴上後，必能保持其心靈清明，不至於被惡靈鬼魅干擾。

事實上，這香灰正是小杓的力量來源，她從小就在大廟中長大，別的孩子是公園玩沙，而小杓是坐在收驚婆婆腳邊，玩著這些香灰。

而就在七日將盡之時，小杓突然被婆婆再次找進了房間。

不過，當小杓一踏入房間看見婆婆的樣子，卻嚇了好大一跳。

「婆婆，您，您怎麼了？好憔悴。」小杓看著婆婆，始終冷靜極少表露情感的她，卻瞬間溼了眼眶。

要知道婆婆雖然已是百歲高齡，但爲了追捕老師，找回阿剛哥哥，她從少女就苦修道法，清心寡欲，所以身體仍維持硬朗，口齒更是清楚。

就算滿臉皺紋，依然可見她精神鑠鑠，誰都不敢說她是將死之人。

但自從老師親臨大廟，與婆婆短暫會面，短短的七日之間，婆婆竟然有如失去水分的老樹，生命能量快速枯乾。

「沒事。」婆婆淡淡一笑。

「怎麼會沒事！」小杓跺腳，語帶哭音。「那個壞蛋對您做了什麼事嗎？我怎麼，怎麼什麼都沒有感覺到！」

「他沒對我做什麼，傻姑娘。」婆婆伸出蒼老的手，輕輕撫過小杓的短髮。

「我與他鬥了百年，他要從遠處突破我的道法，並傷到我，也沒那麼容易。」

「那，那爲什麼您……您會變成這樣？」

「……」婆婆沒有立刻回答，只是露出溫柔慈祥的微笑，看著小杓。「未必是他對我做了什麼，而是我準備要做什麼吧……也許眞如老師所言，我們這百年來的恩怨追逐，終究要分出勝負了吧。」

「婆婆……」

「小杓，人世間有欲望，惡靈就不會散，婆婆如果有天走了，我希望妳能繼續走這條道路，幫助芸芸眾生，積善行德，好嗎？」

「婆婆！我不要，我要您一直陪著我。」小杓一抖，婆婆難道眞的知道自己的期限將盡，所以開始交代了？

「妳啊，一出生就被人丟在廟門口，奇妙的是，每次妳一啼哭，我們把妳抱進廟中，妳一近神龕，聞到香灰氣息，馬上停止哭泣，還呵呵傻笑呢。」婆婆微笑。「那時我們就知道，妳有道緣。」

「婆婆，那時候如果不是有妳，嗚，不是有妳……」

「那時候我們把妳送去安養機構，他們都說妳日夜啼哭，滴水不食，所以我和幾個收驚婆婆討論後，知道妳體質特殊，若不在大廟庇蔭下，就怕養不活，於是把妳領養了下來，讓妳跟著收驚婆婆一起生活，在廟裡，妳把金紙當摺紙，把香灰當戲沙，轉眼也長大了啊。」

「嗯……」

「小杓，給我一個妳親手製作香灰的香包吧。」

「嗯，這香包還是您當時教我做的。」小杓一聽，急忙從懷中掏出香包，放到婆婆已經活了百歲、沒有半點指紋、光滑無比的手心中。

「是啊，是我教妳的，但如今妳做的香包，其法力已超越我了。」婆婆微笑，細細的摸著香包。「光握著妳的香包，就能感覺到妳體貼的心意與保護他人的意志，眞的是好香包。」

「婆婆……」

「就快了啊。」婆婆也許是心力交瘁了，她看著小杓的目光不再專注，反而渙散而飄忽。「快一百年了啊。」

「……」

「阿剛哥哥，我就要再次和老師對決了。」婆婆微笑著，看著遠方。「阿剛哥哥啊……」

看著婆婆的樣子，小杓只能抓著婆婆的手，放到自己的臉上，輕聲低語替婆婆祝禱著。

而當第二天天明，七日之約將至。

他們要出發前往老師宅邸，正式迎戰「紅包壓歲陣」了。

4. 猜紅包

老師的宅邸，位在台北市陽明山區，一個靜謐但環境幽雅的路旁。

當七日之約的時辰一到，老師家的宅邸之外，就聚集了五、六台黑色高級車。

他們都是阿生家中企業的人員，但最後從車子下來，走入老師宅邸的，卻只有兩人。

一是爲了拯救母親靈魂而來的阿生，二是從小在大廟長大具備靈力的少女小杓。

而吳家後人，則是婆婆考慮到他們與老師的恩怨因果已了，加上老師宅邸內藏著什麼陰鬼之術無從得知，吳家後人又沒有任何道術基礎，就囑咐吳家後人不要進去了。

最後，能進入此宅的，只剩下阿生與小杓。

而當兩人要踏入宅邸之前，小杓看著阿生，低聲問。「你還好嗎？」

「我？……」原本阿生一副若有所思的樣子，被小杓一問，像是受到驚嚇。

「我，我沒事。」

「老師也許可怕，這陣法也許有其難度，但相信本心。」小杓看著阿生，語氣溫和，她年紀雖小，卻已經有著道法高人的風範。「婆婆都是這樣和我說的。」

「本心？」

「對啊，也許有二十五個紅包令你困惑，但相信你一定能一眼認出你母親的紅包。」小杓注視著阿生。「畢竟你也努力過！而且你和母親一定會有某種聯繫的。」

「嗯。」但阿生卻避開了小杓的眼神。「抱歉，我真的很想救出我母親的魂魄，每次想到她辛苦了一輩子，死後卻因爲我而被困在祟的棺木中，我就……」

「不用抱歉啊。」小杓看著阿生。「你一定能夠找出母親的紅包，而我，會在你旁邊守著，老師的惡靈是無法干擾你的。」

「嗯……」阿生低下頭，不再說話。

兩人一踏入宅邸，頓時感到一陣陰冷。

這種冷很難形容，並不是單純的降溫，而是一種帶著濕氣、會順著毛細孔鑽到骨頭裡、鑽入五臟六腑的一種寒勁。

這樣的狀況，連普通人阿生都可以感覺到這宅子裡面不乾淨，而且很凶惡。

「別慌。」小杓的聲音在阿生耳邊響起，然後阿生的手心被放入了一個柔軟的布包。

「這是……香包？」

「這香包裡面放了大廟裡的香灰，我也替香灰另外祝禱過，具有一定法力。」小杓小聲的說，「會保你平安。」

「這……」阿生看著香包，吞了一下口水，似乎欲言又止。「謝謝。」

「不客氣。」

順著走入宅邸，老師已經在等待他們，老師微微一笑，轉身往宅邸深處走去，而小杓與阿生也知道老師意思，也跟了上去。

一路往宅邸內部走去，走過莊嚴的客廳，然後樓梯往下，朝著地下室邁進。而越是往下，那從地底湧出的寒氣就越是強烈，明明是豔陽高照的七月天，卻冷到像是幾十年沒照到陽光的地底。

然後，到了地下室門口，一個古舊的老木門前，老師握住門把，用力一推。

當門被推開，一陣陰風陡然吹出。

這陰風不只冷，更像是在低語，穿過阿生的耳邊，讓他瞬間被負面情緒塡滿，恐懼，憤怒，他想伸出雙手勒住某一個纖細的脖子。

幸好，在這陣陰風之中，一股暖陽般的溫度，仍在阿生胸口縈繞，替他守住了意識一片清明，而這暖陽的存在，就是剛剛小杓給他的香包。

「不錯啊。」老師的眼睛瞄了一眼那只香包。「這是妳做的？大廟香灰，是嗎？」

「哼。」

「來吧。」老師完全打開了門，地下暗室內頓時一覽無遺，裡面果然如當年阿生母親所述，擺放著各式棺材，或大或小，或直立或橫擺，而且每具棺材之上都貼著一紙紅包。

「嗯。」阿生顫抖的走了進去，而小杓也跟著進去。

「選一個吧。」老師微笑。「二十五取其一，哪一個才是你母親的紅包？」

「二十五取其一嗎？」而就在阿生咬了咬牙，伸手往前時，忽然，他聽到了笑聲……

阿生聽見，笑聲來自這座暗室的角落，一個白衣的女子。

長髮散亂的蓋住面孔，嘴角沾血，發出尖銳的笑聲。

這笑聲與剛才的陰風有同樣的效果，讓阿生內心被負面情緒填滿，頓時焦躁而難以靜下心來。

「不要被干擾，這是女鬼守門。」而這時，小杓往前走了一步，手上撒出一把小香灰。

原本煙霧狀的香灰該是隨風吹落，但神奇的是在小杓手中，卻像有著生命、如同一團飛舞小蟲，精準飛向角落的白衣女子。

女子一碰香灰，發出尖聲尖叫後，頓時消失無蹤，連帶懾人心魄的笑聲也消失了。

「女鬼守門，目的是擾人心志。」小杓驅趕了白衣女靈之後，緊靠在阿生身後，「不用怕，我會一直在你旁邊。」

「一直在我旁邊……」阿生喃喃自語。

「怎麼？」

「沒事。」

下一刻當阿生繼續往前，看到約末中間位置，忽然感覺到地面傳來一陣細細騷動，他一低頭，卻見滿地爬來蜘蛛、蜈蚣、蠍子等毒蟲，嘎嘎嘎嘎的朝自己爬來。

阿生雖不怕蟲，但數目如此眾多的蟲陣，仍激起人內心的恐懼，他正要大叫，卻見到小杓已經率先走到蟲陣面前。

她使用的依然是香灰，她在手心捧起香灰，並朝著香灰輕吹一口。

香灰順著她嘴裡之氣往前捲動，在地面上捲出一團白霧。

白霧以小杓和阿生爲圓心，在地面留下了一圈圓。

此圓像是有著強大的驅蟲魔力，這些爬行而來的毒蟲們無法跨過此線，在圈外扭動互相撕咬，發出細細叫聲，再也無法靠近。

「這是百蟲夜行，但我有香灰，也就是大廟靈力當我後盾，這些小手段影響不了我們。」小杓低語。「別擔心，繼續選。」

走了幾步，阿生就站在一座棺木前面，不動了。

他雙手微微顫抖。

似乎在凝視著這座棺木。

只聽到他有如夢囈的說著。「我真的很愛我媽媽，當年她對我真的很好，我從小多病，都是她守著日夜照顧我長大。」

小杓背對著阿生，注視著眼前的狀況，除了怨靈女鬼、滿地蟲陣，老師還有什麼招術？

想到這裡，小杓把目光移向老師，卻見到老師看似面無表情的看著這一切，但那一瞬間，卻見到老師的嘴角微微的揚起……

阿生繼續低語。「我一定要救她，不管用什麼方法！我要救我媽媽！」

小杓看著老師那嘴角隱隱的冷笑，她感到全身一陣戰慄，基於本能，往後退了一步，剛好頂到阿生的背。

而下一秒，阿生的手，已經伸向了眼前棺材的紅包。

「我想了七天，足足七天，我要一個百分之百、絕對能夠救出我媽的辦法，二十五分之一的機率太渺茫，對不起。」阿生的手不斷抖著，抖著捏著紅包，然後又抖著要把它撕下。「對不起。」

小杓有點不懂。

百分之百可以拯救母親的方法是什麼？

阿生為什麼又道歉了？

還有，老師在冷笑什麼？

「老師告訴我，」阿生把紅包握在手上，啪的一聲，撕開。「奪壽這件事，是可以替代的，就像當年……阿剛代替小蓮一樣。」

代替？

阿生到底在說什麼？

而就在此刻，老師開口了。

「小女孩啊，」老師笑著，嘴巴大大咧開，竟然有如黃鼠狼類的野獸，「妳有大廟為靠山，法力確實足以與我一戰，但關於人心，妳懂得太少。」

人心？

而下一剎那，小杓感到背部被人貼上了一個東西。

然後她回頭，看見了那東西的眞面目。

紅包。

不斷滲出陰氣，彷彿在召喚著什麼巨大鬼物的紅包。

還有，眼前那張阿生哭喪皺起的臉。

「對不起對不起對不起。」阿生哭著。「我眞的想救我媽媽，但機率太低，所以我私下聯絡了老師，他說，他說……」

他說什麼？小杓睜大眼睛，看著紅包，又看著阿生，更看到阿生背後的棺材，正慢慢的打開。

一隻爬滿著蛆蟲的枯乾老手，正從棺材中伸了出來。

「他說，只要給出妳的壽命，老師就會放過我媽的靈魂。」

下一瞬間。

棺材上蓋整個掀開。

而裡面的古老妖鬼「祟」，發出尖銳到足以撕裂人類耳膜的尖叫，快如閃電，撲向了小杓。

同時小杓放聲大叫，手上的大廟香灰全部撒出，然後雙手往前一推。

這刻，她只能奮力一戰。

她懂了，一切都是一個局，而這個局，原來不是針對阿生，而是衝著自己而來！

5. 大廟香灰

祟，古老妖鬼，以人類魂魄爲食，其妖力強大，長生不死。

千年前曾危害大陸，成爲千萬子民一大禍害，後來以紅包爲鎭，終於將其驅逐至深山之中。

如今，又有惡徒喚醒此鬼，只爲追求個人壽命，爲禍蒼生。

老師宅邸地下室之中，紅包壓歲陣裡，紅包被撕下，裡頭不是阿生母親的魂魄，而是一隻祟。

一隻飢餓多時、貪食人類魂魄的祟。

祟形狀似人，但外貌腐朽，如百年老屍，且以四肢伏地行走，更像蟲獸。

只見祟從棺材中衝出，雙手如爪，撲向了小杓。

「喝！」小杓低吼，手上的香灰全部撒出，並以雙手爲掌，將這團香灰推向了祟。

這團香灰雖是煙塵，但在小杓手中卻像是一團受控的蚊蟲，眨眼間，香灰已經完全包圍住了祟。

「嘎！」祟發出尖叫，被香灰包裹的牠，全身透出點點亮紅，竟像是被天火灼傷。

香灰炙熱，祟往後退去，牠雙足往棺材一蹬，跳上天花板，再由上往下俯衝向小杓。

小杓知道此刻命懸一線，不敢怠慢，她集中所有精神，再次以雙手推動香灰，迎向撲來的祟。

只是祟速度太快，牠竟然在半路轉向，往左側一跳一蹦，竟然已經鑽入小杓的下方懷裡。

而小杓往下看去，看見一張滿是爛肉、蛆蟲爬動、張嘴嘶吼的臉，正朝自己咬來。

「呼！」小杓驚險之餘，右手沾著香灰，在左手手背上快速寫下一串字。

這一串字，扭曲如蝌蚪，卻透著蒼勁古意，有如石碑銘文。

當字串完成，小杓左手透出有道法之人才能看見的銀色光芒，光芒更順著香灰文字流轉。

同樣的，連崇都微微一頓。

然後，小杓左手握拳，用力朝著下方的崇的臉部，狠很的揍了下去。

左手咒法流轉，硬是把崇的臉部往下打去，打得牠身軀跌坐在地，妖鬼之氣潰散往外。

「請神符文！妳竟然借來大廟神靈之力，這樣不行啊。」老師見狀，不怒反笑，咬破右手中指，用鮮血在自己左手上也畫上令人費解的圖騰。

只是老師的符文與小杓的卻有些不同，小杓符文筆觸較柔順，頗有順應天地自然流轉之古文，而老師的符文卻粗狂且凶暴，那是逆天而活、血罪一族的文字。

然後，老師左手往前，抓住小杓的左手。

鮮血與香灰，瞬間燃起無形火焰。

「糟糕！」小杓臉色大變，小杓的神靈被老師抑制，下一瞬間，被擊潰的崇又重新貼近而來。

祟那醜陋猙獰恐怖的臉，已經爬到了小杓面前。

「乖乖成為我壽命的果實吧。」老師冷笑。

同時間，小杓感覺到自己無法抗拒的被祟往後拖去，直拖入了棺材之中……

小杓咬著牙，她知道一旦被關入棺材，等同落入祟的領地，九死一生，就算有多強法力恐怕都難以發揮。

但她已經沒有辦法，先是阿生背叛，然後祟的猛攻，最後加上老師的出手。

她要敗在這裡了？

她想起了婆婆。

婆婆百年的恩怨，自己終究是無法幫她報仇了？

但也就在她想起婆婆的同時，忽然，小杓感覺到了胸口傳來的暖陽溫熱，她訝異低頭。

香包？

香包為什麼開始發熱，它正在召喚什麼過來……

6. 回歸

香包發出溫熱光芒，小杓訝異，香包正在呼應某種力量，但這力量不是自己的，那是誰的？

小杓才剛想通，有一個人卻已經完全明白！

老師臉色驟變，帶著一股怒意，抓向小杓胸口香包。「是妳！小蓮！妳做了什麼!?」

香包力量瞬間釋放，然後一股魂魄從中出現，長髮、年輕、笑容充滿自信，她飛出香包之中。

年輕時的婆婆？

而看見年輕時婆婆的魂魄，小杓眼眶卻完全溼了，「原來，婆婆，您這七日的憔悴，是因爲離魂之法，您……您……」

婆婆魂魄身形輕盈，她飄到小杓身後，用手輕輕抹過小杓背後的紅包，紅包竟然不再鮮紅，轉而變白，甚至掉落。

「小杓，」婆婆摘下紅包後，她在小杓耳邊，一如過往的慈祥語調。「快點，帶阿生離開這裡。」

「婆婆！」

婆婆繼續往前，同時間老師表情猙獰，他雙手中指同時咬破，鮮血淋漓之下，在身上快速寫上那淒厲符文。

但婆婆也有百年修爲，她輕巧越過老師撲擊，而且不只如此，她飛過每個棺材，手一伸，摸過了每個紅包。

每個紅包原本鮮紅的色彩都快速轉白，有如花朵凋謝，一朵一朵，在地下室中依序落下。

「不准妳這麼做！這是我花了百年！百年才重造的陣法！」老師見狀，發出憤怒嘶吼，身上符文流轉，化成黑色濃焰，撲向婆婆。

另一頭，小杓用力吸了一口氣，抹去臉上淚水，抓起阿生，小杓雖是瘦小身軀但力量卻足以單手拉起阿生，朝著地下室的門邊跑去。

在小杓來到地下室木門之前，她回過了頭，再看了婆婆魂魄一眼。

她兩行淚水從白皙臉頰滑落，因爲她知道，這是今生見到婆婆的最後一眼了。

婆婆年輕的魂魄破壞了整個陣法的紅包，所有的棺木都開始顫動，轟轟轟亂響，棺蓋彈出，裡面的祟紛紛衝出。

祟，型態各自不同，有的高瘦如猿，雙目漆黑如洞，有的巨大如虎，張開大口露出滿嘴獠牙，也有如同嬰孩，在黑暗中發出咯咯笑聲。

牠們被釋放，貪婪的吞食地下室空間中所有的生魂，這地下室中，唯一生魂就是老師！

他全身符文，力量強大，開始與十來隻祟奮戰，更不時朝婆婆魂魄攻擊。祟能感應魂魄，所以牠們也撲向婆婆，尖銳利牙不斷咬穿婆婆魂魄，使得婆婆靈魂不斷受傷破碎，但婆婆仍在混亂的局勢中穿梭，她的目標是最後兩具未開的棺木。

只見她來到其中一具棺木前，她撫過此一紅包。

棺蓋卡搭一聲，緩緩滑落。

但棺木中卻沒有衝出祟，而是一個長髮神情迷惘的美麗中年女子魂魄。

婆婆拉著女子魂魄，朝著最後一具棺木飛去，沿途祟不斷撕咬著婆婆魂魄，讓她靈魂更爲破碎。

但就算如此，也沒有絲毫阻擋住婆婆，她執著且頑強的飛向最後一具棺木。

那具棺木色呈雪白，通透而華貴，是一座玉棺。

而老師看見婆婆飛向這具玉棺，有如發狂似的大吼，全身黑色符文爆發如黑色氣旋，不顧在他身上撕咬的十餘隻祟，衝向了婆婆。

「不准開！」

婆婆轉身，面容堅定，雙手往前推向了老師，這是她全部的力量，百年來的道行，那每一日的靜心，每一日的修練，每一日的悲傷與悔恨。

全部化成這一推，化成巨浪，化成山崩，化成天地之氣，全部打在老師身上。

力量太強，把老師打得全身噴血，黑氣潰散，但他仍頑強無比，還是伸出右手，抓住了婆婆魂魄的手。

但就算老師沒有退，這一推也阻擋了他一秒，這一秒對婆婆來說已經足夠了。

「開啊！」婆婆另一隻手已經按在紅包之上，放聲大喊。

紅包頓時轉白，有如凋謝的玫瑰，翩翩飄落在地。

同時間，老師嘶吼著。

玉棺棺蓋開啓。

婆婆微笑。

「抱歉讓你等了百年。」婆婆微笑，「我來救你了，阿剛哥哥。」

棺木後面，是那張與老師有些相似，但卻年輕許多，只有十幾來歲的少年臉龐。

他看著婆婆，露齒爽朗而笑。

「我知道，我知道妳一定會來的，小蓮。」

然後，整個地下暗室一陣晃動，有如巨大力量炸開，婆婆最後力量，老師憤怒的追擊，以及二十餘隻古老鬼怪祟的飢餓撕咬……

轟然一聲，這一切力量化成火焰，將地下室、老師這座深山宅邸，以及一切罪惡，都全部吞噬。

小杓拉著阿生，逃出了宅邸，而阿生的管家們紛紛圍上，照顧失魂落魄的阿生，以及滿身傷口的小杓。

而小杓回頭，凝視著宅邸冒出的火焰。

這一剎那，在陽光明媚的藍天中，她瞇起了眼，因爲她彷彿見到了不斷往上竄燒的濃煙中。

有著三個魂魄的身影，正對她微笑。

阿生的母親、婆婆口中的阿剛哥哥，以及……婆婆本人。

三隻魂魄，就這樣隨著冉冉上升的煙，飛入了藍天之中，這片燦藍如畫的美麗藍天之中……

7. 尾聲

婆婆的葬禮，在大廟的主持下，低調而隆重的結束了。

小杓依照婆婆放在床邊的遺言，給了每個人交代。

老師自作自受，養惡鬼者終將被惡鬼所食，最後婆婆以其百年修爲，以離魂之術加入戰局，親手破了老師的陣，老師與祟同歸於盡，從此再也無法作惡。

因爲老師魂魄被滅，吳家後人與老師的因果糾纏也隨之結束，吳萬乘也將得以安息。

阿生母親的魂魄，也在婆婆的出手下得到救贖，從此進入輪迴，不再承受痛苦。

最後，婆婆也終於償了百年之願，救出了阿剛哥哥。

當小杓說完這些話，她發現一旁的阿生，低著頭，似乎有話要說卻又不敢說。

「怎麼？」小杓看著阿生。

「很抱歉，我，我一時被鬼迷了心，只想救出我媽，竟然，竟然聽了老師那傢伙的話，差點……差點害死了妳。」

「嗯。」

「我可以做點什麼事情賠償妳嗎？我眞的可以做很多事，要我捐錢給大廟嗎？還是讓我成立一個基金會，幫助弱勢？我知道錢不能解決所有問題，但請相信我的內心。」阿生低著頭。「妳知道我這幾天都夢見了我媽，她不再是女鬼模樣，而是我記憶中的樣子，我眞的很感謝妳和婆婆。」

「其實，我知道。」

「知道？」

「我知道你會背叛我。」

「啊！」

「是的，因爲婆婆已經算出了一切。」小杓說到這裡，纖細拳頭緊握著，這是向來冷靜的她，罕見的讓情緒外顯。「包括你可能背叛我們，我可能陷入危機，而婆婆必須以離魂之術親自來救……」

「啊？」

「但，」小杓顫抖的雙手，抓住了阿生西裝的領子，「我還是不希望這一切發生，因爲婆婆年事已高，她一旦施法，就可能……」

「啊……」

「但她告訴我，不可以怪你，因爲這是天命，而且她希望我繼續化解陰陽兩道的那些糾葛，超渡亡靈，幫助因鬼怪而痛苦的人們。」小杓閉著眼，雙手顫抖著。「她說，如果要做這些事，不能只有道法，還必須有金錢……」

「嗯。」

「所以婆婆要我不該怪你。」小杓說著，「可是，雖然這一切都是天命，但我還是捨不得……」

「嗯。」

「我捨不得婆婆啊！」小杓說到這裡，終於忍不住，不再堅強而冷靜，而是如同她年齡的女孩，放聲大哭起來。

而阿生只能伸出手，輕輕拍著小杓的背。

他輕輕的自言自語著，他可以的，如果這樣就可以贖清自己的罪，可以當作救出了母親魂魄的代價，那他願意成爲小杓處理陰陽問題時，最厚實的金錢後盾。

不過，看著小杓纖細顫抖的背部，阿生還是忍不住心疼，未來，還會多少陰陽之事呢？這些事都會讓這女孩去面對嗎？

收拾了老師這奪壽之鬼，還會有多少人心衍伸出的鬼，需要這女孩去面對？

希望到時候，自己能幫上一點忙啊。

希望。

第二篇

E區那戶

尾巴Misa

1.

富寶建設看準一塊潛在的黃金地皮，於是向當地的地主買了那塊地，將上頭的老舊建築物拆除，蓋成新的透天厝別墅區。

整個別墅區經過精心規劃，道路井然有序，共分成A到E區。

每一棟建築物的風格都不盡相同，看你是喜歡可愛夢幻風的A區、高雅簡單的B區、或是時尚典雅的C區、奢侈華麗的D區，還是擁有隱私權的E區。

每棟別墅都備有一間車庫、一座花園，重要的是制式化，每棟別墅坪數與格局都差不多，所以每戶房子的價格也都差不了多少。

這座別墅區被稱爲「富寶莊園」，電視媒體大肆報導這座夢幻莊園，裡面生活機能齊全，不只有每一區都有二十四小時不打烊的超商及書店、還有莊園小巴士接送至捷運站，更甚至擁有每周五晚間的小型夜市。

儘管有奢侈稅與高漲不降的房價，但還是抵擋不了這波搶購熱潮。

但總有例外，E區最後的那棟房子，卻永遠只租不賣。

從富寶莊園一開始預售時，就表明那棟透天厝只租不賣，並且那一棟一次就要租給四人，不多不少。

那棟屋子的外觀也不像其他E區的建築物一樣新穎，而是相對來說較爲老舊的透天厝，相傳地主賣掉土地時唯一的條件，就是要保持那棟透天厝的原貌。

然而透天厝外觀雖較爲老舊，但是內部的裝潢和格局卻沒想像中陳舊，反倒是一種復古的感覺，設備也還算有在更新。

但即便如此，這樣的建築物依然和富寶建設其他別墅格格不入，所以富寶建設當然不願意遵守，地主表明他已盡告知事宜，接下來就隨便富寶建設要怎麼做。於是，富寶建設便開始大量拆除那塊大土地上的老舊建築時，可唯獨到了那一間透天厝不斷發生意外，最後富寶建設也不得不信邪，在那棟屋子前準備了供品後，便讓房子維持原樣並用租的。

然而，這樣的鬧鬼傳說並沒有阻撓其他買不起卻想入住豪宅的人們，因爲租金低廉、又位於相當方便的地段，大家都認爲福地福人居，也許自己不會遇到鬼。

但事情就是這麼邪門，入住的人大多都連夜搬家，或是失蹤。

儘管如此，還是阻擋不了入住的人潮。

畢竟是位於台北寸土寸金的黃金地段，多少人買不起房子，如今卻用如此低價的房租可以住在豪宅區，雖然出租的那棟並不是千萬豪宅，但至少也在社區裡頭，所以鬧鬼，眞的不算什麼。

2.

潘冠霖眞是不敢相信，自己居然有辦法租到這麼好的地方。

坐在接駁的小巴士裡看著剛剛經過的B區，還看見不少小蘿莉在花園和自己家的大狗玩耍，還有不少高級跑車停在車庫。

他深呼一大口氣，往椅背上靠去，從今天開始就要在這裡生活了，想想都覺得像是夢。

前幾天，他接到富寶建設的電話時還以爲是詐騙集團。雖然有鬧鬼傳說，但網路上排隊租屋的號碼也是上百個。

但前陣子有個女的在裡面自殺，所以排隊的人數有稍稍減少一些，但無論怎樣，還是很多。

況且自殺也沒什麼，因爲她不是第一個在裡面自殺的人，只是其他人都是選擇燒炭自殺，而那女的卻將自己的身體戳得坑坑洞洞，血流了滿地，直到屍體發臭後，樓下的房客才驚覺不對勁。

大家也許可以接受一間屋子死過一個人，但卻不能接受曾經有血染紅房間，想當然爾，住戶全部退租了。

這也就是爲什麼租屋率會瞬間下滑的原因，才會這麼快就輪到潘冠霖。

潘冠霖倒也不是說有多勇敢，只是他堅信平時不做虧心事，夜半不怕鬼敲門，加上他的八字算是挺重的，所以理直氣壯的決定入住，簽約時對方鬆了口氣的表情堪稱經典。

同時他也有個疑問，要是老是會發生問題的話，爲什麼富寶建設堅持還是要持續出租呢？他們應該不差這個錢才是。

畢竟要是沒有這棟透天厝的問題，富寶莊園根本毫無缺陷。

「E區到了，E區到了。」

還在胡思亂想的時候，接駁小巴語音傳來，潘冠霖急忙下車，手裡拿著地址找尋他承租的透天厝。

哇！這邊眞不是蓋的，每一棟建築物都像是電視劇裡才會出現的，各有千秋，有棟屋頂是深藍色的瓦片堆砌成斜屋頂；還有一棟有漂亮的檀木門，屋頂是淺灰色的磚瓦，配上漂亮的褐色。

他一面津津有味的欣賞這邊的建築風景，一面想著注重隱私的Ｅ區果然名不虛傳，外圍都被高聳的圍牆擋住，看不見裡頭的模樣。

照著地址往前繼續走，怎麼越走越偏僻的感覺，前方有棟老舊的建築物，和這裡的風格完全不同，顯得格格不入，應該就是那棟。

遠遠看還真像棟鬼屋，大約只有三層，是灰白色的磚塊砌成，頂樓有水塔及平坦的陽台，走近後發現三樓陽台上面還掛有八卦鏡。

相較於前面漂亮的現代式建築物，這裡就顯得遜色許多，但也沒那麼糟糕，就像鄉下老家的透天厝一樣，光是租金便宜這點就足夠了。

「還真有鬼屋的FU！」潘冠霖拖著行李箱站在鐵門外不自覺的說出口，突然一陣冷風吹過，讓他打了個噴嚏，看看四周，雖然這叫做Ｅ區三棟，但怎麼看都像是流放邊境的房子。

也罷，這樣比較安靜。

他鼓起勇氣往前走，然後按了按電鈴，富寶建設的人有說，除了潘冠霖以外，目前還有其他房客住在裡面。

門鈴叮咚響起，但卻遲遲不見有人來開門，以防萬一再按一次，等了一分鐘後依然沒有動靜，於是他拿出鑰匙打開外面的鐵門，有點生鏽不太好拉開，再推開裡面的鋁門。

「有人嗎？」將頭探進客廳，連燈都沒打開，想必都外出了吧。

於是他打開電燈電源，雖然外面還有些微光，但客廳卻烏漆媽黑的，還有些潮濕的味道。

電燈閃了幾下後終於全亮，客廳有一張雙人沙發與三人沙發，中間有個木頭桌子，大門旁就是窗戶，電視則與窗戶面對面。

大門一推開，就會看見往二樓的樓梯，樓梯下則是廁所，廁所旁進去就是廚房。

潘冠霖的房間在二樓，幾天前行李就已經先請搬家公司搬過來，當時搬家公司看見地址後，還不斷詢問是否真的要住這裡，最後表明行李只願意放在一樓，不會拿上去。

雖然這樣很不專業，但是搬家公司願意退一部分的費用，潘冠霖也就想說罷了。

他將門關上，原本打算脫鞋子，不過看到地板都是腳印與灰塵打消了念頭，然後看著客廳某一角落堆滿了他的紙箱，他只能一箱箱的自己往樓上搬去。

樓梯間也是陰暗無光，就算按了牆邊的開關，昏黃的燈泡在樓梯間反而看起來更加恐怖，看樣子改天要和室友們商量更換成白光才行。

潘冠霖的房間在二樓上來的右邊，左邊的房間燈光是暗的，廁所則在他的房間旁，看了眼廁所，不錯啊，挺乾淨的，而且還有浴缸呢。

打開房門後，他將行李先放在門口，接著分批搬上來以後，才有心思稍微觀察一下自己的房型。

將窗簾拉開，其實視野還不錯，一片翠綠的樹林就在旁邊，空氣充滿芬多精，遠離住宅群也很安靜，還可以看到其他區域的屋頂，此時晚風徐徐吹來，還眞是租到一個好地方。

咚咚咚咚——

突然樓上傳來跑步聲，清楚卻不沉重，咚咚咚的一瞬間就沒了，潘冠霖一陣發冷，想到那自殺的女生好像就是在三樓，天啊！

「冤有頭債有主，我也只是一個窮人才來租屋的，大家都是辛苦人，不要爲難彼此！我會好好的在二樓生活，也請妳好好待在三樓就好……」他誠摯的說並且雙手交疊閉緊眼睛胡亂的四面八方亂拜。

「你在做什麼？」忽然一個聲音從門口傳來，讓潘冠霖差點嚇得叫出聲音。

一個清秀的女孩站在他的房門口，歪頭好奇的盯著他瞧。

「嚇死我了，我以爲沒人在家。」

「哈哈，我有聽到聲音，但是懶得下去一樓。」女孩朝房內張望了一下，「你就是今天搬過來的室友對吧？」

「啊，我叫做潘冠霖。」打量了一下女孩，看起來年紀跟自己差不多，「妳是住在樓上？」

「對，就住在那個上吊的那間，也就是你的正樓上。」

哇勒，不需要這麼明確的說明，還一臉開朗好嗎！

「妳、妳不怕喔？」

她歪頭，「怎麼問這麼通俗的問題？那我也反問你，你不怕喔？來到這樣的房子？」

「因爲租金便宜啊，而且我八字也蠻重的。」

「那就對啦，我也跟你一樣。」雖然感覺女孩好像在隨便回答，但是看在那個笑臉夠可愛，就算了。

「我叫潘冠霖，大四，妳呢？」

「我叫張若如，大三。」她微笑，臉頰邊還有小酒窩。

「另外兩間也住滿了嗎？」

「當然，當初的地主條件不就是一定要住滿四位！」張若如踏進了房內，「只要不滿四位，就會叫我們暫時離開。」

「這麼奇怪？那偶而外宿或是晚歸也不行嗎？週末或是連假呢？」

張若如聳肩，「反正呢，之前那些意外好像都是因爲不滿四個人過夜所引起的，所以我們四個人要講好才行。」

「好吧，只要講好，應該就沒事了吧。」潘冠霖說，但也沒什麼把握。

「我很想問你需要幫忙嗎，但就如我剛才所說，沒有滿四個人就不會出租，所以我其實也才剛搬來，還沒整理完呢。」她吐了舌頭，看起來有些天兵，就在此刻，他們也聽到樓下傳來聲音。

「看來是另外兩個室友來了。」

「我懶得下去，等他們上來就好吧。」張若如說得輕巧。

不過還在猶豫的時候，對方已經上來了，眼看是兩個女孩，一個短髮俏麗，另一個長髮妖豔。

「嗨，我叫林韶芸，今年大二。」短髮的女孩開朗的自我介紹。

「高筱倩，大四。」長髮美女則是簡短介紹。

「我叫張若如，請多多指教，大三唷！」

「等一下……妳們都是搬來的人嗎？」潘冠霖感到有些不可思議。

「對呀，有什麼問題嗎？」林韶芸歪頭，「啊，我是住在三樓的。」

「不是，沒什麼問題啦。」潘冠霖搔搔頭，雖然這裡沒有規定一定要同性別，但是一男配三女，哇，這種情況可以稱之爲後宮了吧！

不不不，在想些什麼啦！

「那個，我叫潘冠霖，就住在這邊，今年大四。」於是他也自我介紹起來。

「嗯哼。」高筱倩簡短的點頭，就轉身進去對面的房間，她的行李也只有簡單的一個旅行箱。

「啊，那我也先去整理行李，晚一點我們要不要到一樓一起吃東西，彼此認識一下？」林韶芸只簡單揹了一個後背包。

「好哇，沒問題，我就住在妳的對面。」張若如與她相談甚歡，兩個人一起往樓上走去。

瞬間就剩下潘冠霖一個人，他東看西看，摸摸鼻子，最後回到房間自己整理東西。

3.

「靠！真的假的啊？也太爽了吧！」電話那頭的阿強滿滿羨慕口吻，「早知道我也去申請就好！」

「我那時候就要你申請，你自己嫌棄網頁介面很怪。」潘冠霖大笑著。

他把自己與三位不同美女「同居」的事情告訴了大學的好友阿強，換來了稱羨的讚美。

「沒辦法啊！就算不想在意那些新聞，看到網頁也會卻步好不好，會登記的你才奇怪勒。」

阿強說得沒錯。

在登記租屋的網頁設計上，確實看起來很奇怪。首先，網頁的底色是刺眼的紅，並且要輸入自己的基本資料，而這些基本資料詳細得不可思議，包含你的姓名、性別、出生地以及出生的時辰。

「要出生時辰很奇怪好嗎！你沒聽長輩說過時辰不能隨便給人嗎？」阿強當

時看見那樣的條件，立刻就退了出去。

「還好吧，女生不是也很愛把我們的基本資料拿到網路上去配對嗎？」潘冠霖倒是不以為意。

「是沒錯啦，但就覺得怪怪的啊，怎麼要登記這些東西才可以抽租屋？」

「因為人家是豪宅，你看，我現在不就和三個美女同居。」

「可惡，早知道會這樣的話，我也就登記下去了！」

這通電話聊得開心，潘冠霖將東西都歸位之後，看看時間也差不多了。

外頭的天色已晚，他走出房間，發現樓梯間的燈光並沒有開，但對面高筱倩的房門縫下透出燈光。

嗯……雖然剛才大家約好要到一樓交流吃東西，但沒講好幾點，也沒說要吃什麼。

身為男生的他，如果主動去問的話，會不會顯得心術不正？

還在猶豫的時候，高筱倩的房門卻打開了。

「啊……」她似乎被站在門口的潘冠霖嚇到了，露出了驚訝的表情。

「啊啊，我不是變態，我也才剛出來。」以防被當作守株待兔的跟蹤狂，他趕緊澄清。

等等，這裡的隔音應該不錯吧？

否則剛才自己和阿強在房內無聊的屁話要是被聽到了，那很沒禮貌耶！

「我……知道，我只是嚇一跳而已。」高筱倩緩緩說著，她的音調雖起伏不大，但是並不是冷淡，從她些微發紅的耳根，潘冠霖猜測她只是比較怕生。

「呃，那個，剛才大家說要一起吃東西……」不知道爲什麼，有點害羞。

「我有聽到，時間也差不多了。」高筱倩如此說。

記得剛才他們在講的時候，高筱倩已經進到房間內了，所以表示在走廊的聲音即便在房內都可以聽到的話，看來以後自己講電話或是上廁所還是要小聲一點比較好，以免有什麼不該被聽見的聲音。

「那我們要一起出去吃嗎？」

「不，我們叫外送吧！」張若如和林韶芸一起從樓梯上下來，潘冠霖被嚇了一小跳。

「妳們走路沒有聲音耶。」

「哈哈哈，我們屬貓。」張若如笑著說。

「外送麻煩你點啦，我們什麼都吃。」林韶芸給了一個難題，什麼都吃有時候最難點了。

潘冠霖最後選了了無新意的速食，來到一樓時她們三人已經把沙發和桌子都整理好，各別坐在沙發上，而獨留一個單獨的沙發給潘冠霖坐。

「這樣分別多少錢呢？」

「啊，我……」潘冠霖原本要瀟灑的說「不用，我請客」，但是他也是窮學生一枚，加上有三個人，又不是只有一個，所以他只能忍痛的說，「一個人給我一百五就好。」

「這麼便宜嗎？」沒想到林韶芸拿過了潘冠霖的手機，確認了一下訂單後對大家說，「一個人湊整數給兩百吧。」

「啊，不用啦！兩百就太多了！」

「沒關係，就當代訂費。」張若如相當乾脆。

「什麼代訂，不過也只是手機點兩下……」

「就收下吧。」高筱倩已經拿出了兩百放在潘冠霖前面的桌上。

「那就……謝了。」怎麼反而有一種賺到了的感覺。

過了一會兒，外送送來了餐點，由潘冠霖到門口去拿，看得出來外送員似乎很好奇裡頭的擺設，同時又帶有點害怕的神情。

「你住在這裡啊？」外送員搭話。

「對。」

「裡面豪華嗎？」

「很一般，你看外觀也知道，跟其他戶都不一樣。」潘冠霖稍微看了一下周邊，離最近的獨棟都有一段距離，「邊緣化了。」

「嗯……不過，你敢住喔？」

「呃？」

「因爲……不是那個嗎……」外送員似乎想探聽八卦，但潘冠霖只覺得沒有禮貌。

「我覺得住在這裡很好。」他接過了外送，直接往後退回到屋內，關門表示慢走不送。

「怎麼拿這麼久？」在客廳的三個女孩問。

「沒什麼，就小聊一下而已。」

雖然被外人這樣問感覺不是太爽，不過他同時也好奇這三個女孩怎麼會選擇住到這風評不算太好的地方。

畢竟在網路上登記的，大多都是鐵齒又不怕鬼的男生，女生少之又少……

但要是自己問了，不就跟剛才那個無禮的外送員一樣嗎？

把問題深埋在心中吧！

「來來來，快吃吧！」於是他們一邊聊天，一邊吃著這些速食。

在閒聊之際，潘冠霖發現雖然大家年齡都差不多，可是念的大學都不一樣，只有潘冠霖的大學離這裡最近，其他人的大學都有些遠，科系也是相差甚遠。

「既然妳們都不是這附近的大學，怎麼會選擇要住這邊呢？」潘冠霖還是忍不住好奇心，「畢竟，我是說，大學附近的租屋也很便宜，雖然比不上這裡啦，可是光是通勤的費用還有時間就夠抵消了吧？」

三個女生互看一眼，接著說：「應該可以說吧？」

「沒關係吧？」

「反正合約上又沒有說要保密。」

「啊？什麼？難道我們的合約不一樣？」

「嗯……」由張若如當代表，她有些尷尬的笑著說：「我們女生入住的話，價格更便宜喔。」

「什麼！便宜多少？」潘冠霖驚呼。

「就是……不能說出來的便宜，反正把通勤和時間都算進去，還是划算就對了。」林韶芸吐舌。

「其他的就保密了。」高筱倩結論。

「居然……不過這樣我也就理解了……」雖然感覺有點不公平，不過……就算了吧，反正本來房租就比市面上便宜一半，加上可以和三個美女一起住……嗯，再怎麼想，男生租還是算划算吧！

「啊，對了，我的大學和高筱倩的大學算是順路，我的機車明天應該就會送到，要不要我上課時順路載妳到我學校那邊，這樣妳搭車過去更快。」

此話一出，三個人彷彿都嚇了一大跳。

「怎、怎麼了嗎？」潘冠霖以爲自己說錯什麼話了，難道剛才那樣像是豬哥嗎？

「呃……沒關係，我們上課的時間應該不一樣。」高筱倩拿起一根薯條，

「畢竟大四了啊，幾乎也不太需要去學校。」

「啊……這麼說也是。」潘冠霖是因爲有社團和打工，所以每天都還是跑學校。

「哇～不公平喔，怎麼不說要送我呢？」林韶芸打趣的說，這下換潘冠霖臉紅起來。

「不是啊，妳的大學跟我是反方向咩～」

「哈哈哈，她是開玩笑的啦，你這樣就臉紅啊！」張若如笑著。

就這樣，他們度過了愉快的晚餐時光，也更加了解彼此。

4.

「所以說你喜歡哪一個？」

潘冠霖聽見阿強的問題差點噴飯，這是什麼沒水準的問題。

「我在吃飯耶！」

「少在那邊了！快點，難道你三個都想要這麼貪心嗎？不約出來介紹一下？」

阿強架住他的脖子。

「欸欸欸，我在吃飯啦！要打翻了！」

大學同學們知道潘冠霖現在豔福不淺都羨慕無比，紛紛吵著要去他們家玩或是聯誼之類，但是潘冠霖可沒那麼厚臉皮。

「況且合約有規定，不能帶朋友過去。」

「哇勒！什麼爛合約啊！」阿強抗議。「不然你傳訊息問她們要不要出來，哥哥請客！」

「我沒有她們的聯絡方式。」

「啥啊！你也太弱了吧！居然沒要！」

「啊因爲每天都會見面，就沒有想到要了。」

「就是每天都會見面才更應該要啊，不然你要回家時問她們要不要喝飲料或買晚餐該怎麼辦？」

這麼說也是，可能因爲自己怕被誤會，所以才沒有想要電話吧。

「記得順便問她們要不要週末一起出來玩喔！」阿強叮嚀。

他回到家的時間大概是晚上六點，只買了自己的晚餐也有些不好意思，但在沒詢問的情況下就幫人買，要是對方吃飽了也是麻煩。

所以阿強講得有道理。

將機車停在樓下後，他抬頭一看，燈全部都是暗的，難道三個人都還沒回來嗎？

不過當他走上二樓時，發現高筱倩的門縫下卻是亮的，她也才剛回來？

敲了敲房門，詢問一下是不是吃飽了，高筱倩笑了笑點頭。

「那個，我們要不要交換聯絡方式？」

雖然說三個女生比較喜歡誰這種話很沒有禮貌，可是高筱倩的外型完全就是潘冠霖的菜，加上又住在對面，年齡也最相近，這讓潘冠霖一見到她，總是心動不已。

「啊……我沒有手機……」可是高筱倩卻說出了令人不敢相信的話，在這個時代，還有人沒手機啊！

「喔……好喔，沒關係……我打擾了。」想也知道這是拒絕的藉口吧，這讓潘冠霖非常沮喪，垂頭喪氣的轉身回自己的房間。

「那個！」高筱倩叫住了他，神色有些慌張，「我不是、不是拒絕……」彷彿看穿潘冠霖的心思，高筱倩接著講：「我是眞的沒有手機，出於一些個人因素……不過，你回家的時候我都會在，你出門前我也都會在，要是有什麼事情……敲個房門，我就在這裡……」

「這個意思是……無論什麼事情，我都可以敲門？」

「嗯……我比較不會講話，可是我並不討厭你。」高筱倩說得臉都紅了。

這下子潘冠霖心花怒放的笑開了臉，「那、那妳這週末有要做什麼嗎？沒事的話，我們要不要一起出去走走？」

「啊……」高筱倩的臉色一凜，「抱歉，白天我不方便……晚上的話就可以……」

「晚上也可以啊！那就這樣約好喔！」

高筱倩笑了笑，想起什麼似的要潘冠霖等她一下，然後回到房間拿了一個紅色的香包出來，「這個……是我的護身符，送給你。」

潘冠霖受寵若驚，收下香包後，還稍微捏了一下，裡頭似乎還放有東西。

「謝謝妳，我會好好珍惜的。」

潘冠霖心花怒放，感覺春天來了。

但是當他走回房間的時候，卻瞥見了三樓樓梯那似乎站了一個人，潘冠霖定睛一看，是林韶芸。

她一發現潘冠霖的視線，立刻躲回了三樓。

「原來她也在家嗎？為什麼都不開燈呢？」

於是他打開了樓梯間的燈光，聽見了樓上傳來的小小關門聲音。

傍晚時分，他詢問大夥們有沒有垃圾要丟，大家都說丟完了，所以他自己一個人提著垃圾來到集中處。

「潘冠霖。」

沒想到張若如也跟著出來了，她看起來欲言又止，似乎想說什麼。

「怎麼了？」

「聽說……嗯……你和高筱倩要聯絡方式是嗎？」

欸！壓根沒想到會是這樣的問題。

「怎、怎麼了嗎？妳怎麼知道？」

「林韶芸跟我說的。嗯……爲什麼你要跟高筱倩要聯絡方式啊？」

他從來沒有被這樣問過，要一個人的聯絡方式被問理由，這……

「你喜歡她嗎？」結果出現了更直球的問句，這讓潘冠霖有些尷尬。

「天啊！你眞的喜歡她？」張若如的表情非常難看，應該是說，難過？

「我不是喜歡她，我只是……」怎麼一見到她那模樣，就下意識這麼說呢？

雖然高筱倩外表是他的菜，但是個性開朗的張若如和潘冠霖更有話聊。

「只是怎麼樣？」

「我們就住在對面，我想說我回家可以問她要不要買什麼吃……」他解釋起來。

「但是你約她出去逛逛？」

怎麼連這個也聽到了啊。

「是沒錯啦，但是……又不是說約出去走走就是喜歡的意思，我是說，男女之間沒有那麼簡單。」潘冠霖也搞不清楚自己到底在說些什麼了。

不過，沒想到林韶芸這麼八卦，會躲在樓梯偷聽，又告訴張若如這件事情呢。

「沒有喜歡她就好。」張若如鬆了一口氣，掛起微笑看著他，「那下次換我們約出去逛逛吧？」

「咦！」

「怎麼？很驚訝嗎？」

「也不會……那，妳想去哪裡？」

「嗯～看星星好了。」張若如微笑，「但是你不要跟她們兩個人說喔。」

「好。」

張若如很高興，揮著手先一步回到屋內。

這難道是遲來的桃花嗎？

他立刻傳訊息告訴阿強，得到了回傳的髒話。

「話說，跟她們講聯誼了沒？」

「我才不要勒！」

「好小子，想自己藏起來啊！」

「拜託！又不是什麼變態噁男，我才不要勒！」

「那……至少偷拍個照片讓我看看吧。」

雖然這一點也非常沒有水準，但爲了不要讓阿強繼續吵鬧，潘冠霖勉爲其難的答應了。

「反正只是拍張照片而已。」他如此安慰自己，還心血來潮的去找了一下她們三個女生的社群平台，但什麼也沒找到。

當他回到租屋時，發現燈又是暗的，眞是奇怪，難道她們都睡了嗎？

他將樓梯間的開關逐一打開，不好意思去敲其他房門，於是回到自己屋內，但是才正準備打開牆壁邊的電源，就看見一道黑影坐在自己的床上。

「哇！」他嚇得叫了一聲，對方立刻站起來。

「對不起，嚇到你了！」這是林韶芸的聲音，潘冠霖切開電源，果然看見是林韶芸正一臉抱歉的站在床邊。

「妳、妳進來我房間做什麼？」他餘悸猶存。

「你可以先把門關上嗎？」林韶芸的聲音很小，似乎怕什麼人會偷聽一樣，潘冠霖關上了房門，有些警戒的看著她。

「對不起，除了這樣外，我找不到可以和你私下說話的機會。」林韶芸咬著下唇。

「怎麼了嗎？發生什麼事情？」

「嗯……我很不想說……但是我覺得為了你好，還是要說一下……」林韶芸看起來有些猶豫，「就是高筱倩她……你還是保持距離比較好。」

「什麼？為什麼？」

「我看見你要和她約出去、還跟她要聯絡方式……我想你大概對她很有好感，這不關我的事情，可是我都看見了，還是要說一下比較好……」

「妳到底在說什麼？可以一次說清楚一點嗎？」

她深吸一口氣，再次吐氣，「我們老家是開宮廟的，家人們多少都有一點靈異體質……我只能跟你說，高筱倩很不對勁，你要小心一點比較好。」

又再一次是超乎潘冠霖想像的話題，他還以為是自己聽錯了，「靈異體質？」

「對，她眞的……反正你要小心一點，她有沒有給你什麼紅色的東西？」

「有、有耶！」老實說潘冠霖被嚇到了，他立刻翻找著高筱倩給他的東西，但是林韶芸卻立刻阻止他。

「不！不要拿給我看！」

「可是妳不是有靈異體質嗎？看一下不就知道是什麼了嗎？」

「不行！這樣我會被沖到！」林韶芸遮住自己的眼睛，「反正該講的我講了，我要先出去了！我今天跟你說的事情，你誰都不能說！知道吧！」

「等、等一下啊！」

潘冠霖根本來不及叫，林韶芸已經打開了房門，用很快但卻幾乎沒有聲音的速度，溜回了樓上。

房門開著，正對著高筱倩對面的房間。

他從門縫看見有影子在門口徘徊，他趕緊要關上房門的時候，高筱倩的門卻打開了。

長髮的高筱倩一半的臉與身體在門板後，另一半露出門板，面無表情看著潘冠霖。

「怎麼這麼大聲呢？發生什麼事情了？」

不知道是不是心理作用，潘冠霖總覺得高筱倩的臉異常白皙，與其說是白皙，不如說是慘白，白到像是白紙一樣。

「沒、沒、沒什麼……我要先睡了，晚安！」

「現在才九點多，你這麼早睡嗎？」高筱倩依舊把一半的身體藏在門板後。仔細瞧，她的門縫開得極小，小到看不見她背後的房間模樣。有人會在和別人說話時，用那麼小的縫嗎？

這有點奇怪啊！

「今天比較累，那就先這樣，晚安喔。」

「欸！」

他急著關門，她卻叫住了他。

「我們這週末要出去玩，對吧？」

「呃……對，沒錯，再約！」他立刻關上了房門，將耳朵貼在門板上聽，不知道是高筱倩關門的聲音太小還是怎樣，潘冠霖一直沒聽見關門聲音。

搭、搭、搭。

等一下，這個聲音……就像是光腳踩在磁磚上，小心翼翼不讓人發現一樣。

難道……難道高筱倩走到自己的房門口，偷聽自己在做什麼嗎？

要知道這個答案的話……唯有蹲下去看門縫下，就會知道了。

對，與其自己在這邊猜，不如就看吧。

潘冠霖嚥了口口水，輕輕的、慢慢的，往地板蹲了下去，接著將右耳貼在冰涼的磁磚上，然後往門縫下面看去。

一雙白皙的腳站在那，左右搖晃著，接著腳步往後一些，瞬間黑色的細絲出現，潘冠霖來不及意會到那是什麼，一大沱髮量已經出現在眼前，接著就是高筱倩的輪廓。

「幹！」

他這一聲雖發自內心，但還是有注意音量，他用飛快的速度往後奔去，直接跳到了床上。

他不確定高筱倩有沒有看見他退後的腳步，但是高筱倩居然會蹲下來看！

這正常嗎!?

5.

「怎樣，你可以蹲下來看她，她就不能蹲下來看你喔？」阿強對於潘冠霖的驚慌不以爲意，他似乎認爲只要是女生做什麼事情都是可愛。

「不是，這很詭異欸！」潘冠霖覺得他沒聽懂。

「在我耳裡就是三個女生都對你有好感，所以在各耍手段而已。」

「……是這樣嗎？」

「就是這樣啊！」他搖頭，「所以說，不要去在意每個女生說的話，你就好好的先輪流約會吧。」

阿強給了這樣的建議，但是潘冠霖總覺得不踏實。

好吧，就這樣想吧。

因爲今天打工的關係，所以回到家的時間已經是八點多了。

他看見林韶芸正在屋外走來走去的，見到他的機車歸來時，露出了鬆一口氣的笑容。

「你回來了啊。」

「對啊。妳在等外送嗎？」

林韶芸用力搖頭，「你打開那個東西看了嗎？」

「啊……忘記了。」被那樣一嚇後，就什麼都忘光了。

「你快點打開看啊！就知道我說的話是真的了。」

「喔……好啦，我等等上去就看。」他停頓一下，「對了，妳給我妳的聯絡方式好嗎？」

「咦？」她僵了一下。

「這樣比較好聯絡，我也可以幫妳買……」

「不用了，我沒有手機。」

潘冠霖愣住，正準備拿下安全帽的手些些停頓。

「我有我的苦衷，總之，你等等快點打開看就知道了。」說完後，她就立刻跑回屋內，而裡頭一樣沒有開燈。

連續兩個女生都沒手機？這麼奇怪？

「唷，你怎麼在這發呆？」張若如從後方出現，看起來似乎去散步。

「妳不會也沒有手機吧？」他問。

「哈哈，我有手機啊。」張若如拿出自己的手機給他看，「怎麼了？」

「沒什麼……」

果然只是巧合啊……

「你剛才和林韶芸說什麼啊？」張若如瞇起眼，「不會是她也要約你出去玩吧？」

「喔……沒有啦，就隨便聊聊。妳吃晚餐了嗎？」

「吃了啊。」

他停好了機車，準備和張若如一起進去前，忍不住說：「妳會覺得……有誰怪怪的嗎？」

「怪怪？怎樣的怪？」她的臉變得警戒。

「就……說不上來。」

「你不要想太多啦，反正我們三個都很喜歡你就是了，所以可能有些舉動會怪怪的。」

「什麼？」

「啊……」張若如紅起臉，抓了一下臉頰，「我說的是眞的，雖然不小心說了出來，但是……我們三個的確都很喜歡你，也說好要公平競爭。」

「這、這是什麼時候的事情……」潘冠霖心跳加快，桃花眞的來了！

「就是搬家進來的第一天呀，這要叫做一見鍾情嗎？總之我們因爲喜歡你，有時候行爲舉止可能怪一點……」張若如露出害羞的笑容，「希望你好好認識了我們三個以後，再做出選擇。」

說完後，她就趕緊跑進屋內，咚咚咚的爬上樓梯，回到自己的房間內。

沒想到……她們三個都喜歡自己……

他還覺得她們很奇怪，眞是太沒禮貌了。

不過這樣說起來，林韶芸該不會是最有心機的一個吧？

先是把自己和高筱倩約出去的事情告訴張若如，再來就是對自己說了一些高筱倩很詭異的怪話。

雖然可以把她歸納爲就是女人的嫉妒心啦，但看來還是要多注意一下好。

很快到了和高筱倩約出去的日子，他們兩個人先後出門避開了另外兩人的耳目，約在公車站牌，準備一起去逛夜市。

原本潘冠霖打算到市中心的大夜市，但是高筱倩卻說只要在社區的夜市即可。

高筱倩難得把頭髮綁成馬尾，穿著白色的洋裝，看起來十分漂亮。

「我那天是不是嚇到你了？對不起，一直要跟你道歉，但是一直找不到機會。」

「不是！我才要跟妳道歉，那天我太沒禮貌了。」

高筱倩鬆了一口氣，「還好，我還怕你討厭我了。」

「怎麼會呢，是我自己那天狀況不好……」潘冠霖說謊。

兩個人在夜市買了不少東西，但是高筱倩幾乎沒什麼吃，這讓潘冠霖擔心是不是不合口味。

「其實就……我不太習慣夜市食物，對不起。」

「既然這樣，在我約夜市的時候妳就要說呀。」

「因爲我怕讓你覺得我……」高筱倩咬唇，十分懊惱。

「那我們找個地方坐吧。」兩人來到一旁的長椅，將買來的食物都攤開。

「妳看哪些東西妳勉強可以吃，其他不行的，就交給我吧。」

高筱倩的眼眶濕潤，「對不起，我是一個這樣麻煩的女人……」

「不會！不要這麼說！」潘冠霖抓著頭，「本來每個人就有可以接受、和不能接受的東西啊！像我，我就沒辦法吃海鮮呢！」

「呵。」高筱倩一笑，「謝謝你安慰我。」

「嗯，所以妳完全不需要介意。」

「那……這個我可以吃一點。」她比了地瓜球，「因爲我很喜歡地瓜的味道。」

「我覺得這個地瓜味不多，那這樣剛才經過烤蕃薯怎麼不買呢？」

「我怕你覺得我很俗氣……」

「完全不會！妳不要這樣想。」

高筱倩鬆了一口氣，笑著拿起了地瓜球。

「我……是出生在農村的，從小就幫父母種田……我唯一的興趣就是烤蕃薯，和附近的孩子們一起蒐集落葉，然後將蕃薯悶在裡頭……那非常的有趣。長大了以後，我才第一次去所謂的夜市，那時候吃了裡面的食物，但不知道爲什麼，我的身體忽然很不舒服……接著就……」

「食物中毒嗎？」

高筱倩一笑，「對，就是那樣，所以我才不太吃夜市的食物，只有地瓜球不一樣。」

「抱歉，約了妳來這樣的地方。」

「可是我很喜歡夜市的感覺喔，看到大人小孩都很開心，還有很多遊戲可以玩，所以……謝謝你。」

兩個人相視而笑。

「但話說回來，沒想到我們這一代還有人小時候會幫父母種田耶，我以爲是我爺爺奶奶那代才會有的。」

這句話讓高筱倩一愣，她乾笑著說：「還是有啦，只是很少。」

「喔～原來如此呢。」

「對了……我想你知道，就是……我很喜歡你。」

突如其來的告白，讓在喝木瓜牛奶的潘冠霖差點噴出來。

「呃……」

高筱倩笑著拿出衛生紙，幫他擦拭著嘴邊，她的體溫很低，在這樣的夏夜之中，格外舒服。

「張若如一定有告訴你了吧？」

「妳怎麼……」

「我們房間，其實多少聽得到一樓的動靜喔。」她一笑，「我們三個都喜歡你，但是決定權是在你手上，所以我們都會努力的。」

「努力啊……」

「嗯，我們要讓你更了解我們，最後選擇我們三個其中一個。」

「但是……妳們爲什麼會喜歡我呢？」潘冠霖雖然也不是說沒有自信，但自己就是一枚路人水平，同住三個女孩各個亮眼無比，怎麼會喜歡上自己這樣的路人呢？

「沒有理由啊，就是喜歡。」高筱倩笑著，「所以說，我們說好公平競爭，要是有人在背後搞鬼的話，那就犯規了喔。」

「搞鬼？」

高筱倩笑得依舊可人，卻讓潘冠霖有種不寒而慄的感覺。

「不會有人搞鬼的啦。」他下意識的幫林韶芸解圍，忽然想到要是高筱倩可以聽到一樓的聲音，也曾經來到他房門前偷聽。

那會不會和林韶芸的話，都被聽見了呢？

忽然的心虛感襲來，他又看了高筱倩一眼，只見她笑容已經消失，換上瞪大眼睛不解的模樣，看起來煞是恐怖。

「你爲什麼要幫她說話呢？難道你喜歡她嗎？」

6.

「哇靠！好像有點可怕耶。」阿強終於說出了正常人該有的話。「那你怎麼反應？」

「就打哈哈啊，然後趕緊說要回去。」

「那香包你打開來看過了嗎？」

「啊，一直忘記，我放在抽屜裡面。」他抓抓頭。

「回去打開看看好了。不過話說回來，總覺得有點奇怪，除了三個人都喜歡你這普男以外……」

「喂～」

「還有就是，她們好像覺得你一定會選擇她們三個中的一個。你和她們頂多是室友，你平常在大學上課、還有社團又有打工的，你在其他地方可能也會有對象啊。」

「我沒有啊。」

「我知道，但我意思是說，她們怎麼篤定就一定是她們其中一個呢？正常不是會先問你有沒有喜歡的人，或是你有沒有女朋友嗎？」

我頓了一下，腦中忽然閃過一個畫面，「會不會是限定單身者入住？」

「什麼？」

「我在填寫報名單的時候，其中一項有詢問感情狀況，還PS說婉拒有交往對象者入住耶。」

「眞假？我那時候看一下網頁就關掉了，根本沒注意那麼多。」

「所以有可能因爲這樣，大家都認定彼此單身。」

「不知道。你今天是要跟另一個去約會對吧？約在大學嗎？」

「沒有，回家後再出門。」

「你是不是都沒跟她們約在外面過啊？」

「幾乎都在家裡才見面啊。」

「……之前說，要拍照片給我看，你拍了嗎？」

「也忘記了，我回去拍。」

阿強似乎還有什麼想說的，但搖搖頭後還是只說了再見。

潘冠霖回家後，整棟透天厝依舊漆黑，他覺得奇怪，怎麼每次回來大家都不在？

可是當他進入了一樓後，又發現樓梯那傳來燈光，一上去，高筱倩的房間露出燈光，他偷偷上去三樓，房裡也都有人。

爲什麼總是外面看沒有燈，進來屋子就有燈呢？

「啊，你回來啦。」張若如打開房門，從樓上跑了下來，「我們要出門了嗎？」

「好啊，你吃飽了嗎？要不要順便去吃？」

「喔，我已經吃了。」

這也是奇怪的地方，他沒見過三個女孩丟垃圾，也很少看見她們吃東西，雖然也不是二十四小時都黏在一起，可能她們其他時間都這麼做了。

但每次回到家裡她們都在，這也有點奇怪，他大四生課程已經很寬鬆，回來的時間都不固定，同爲大四的高筱倩就算了，大二、大三正忙碌的時候，怎麼可能另外兩個女生也隨時在家呢？

總覺得，好像越想越不對勁。

潘冠霖原本以為，會和張若如到遠一點的地方看星星，結果張若如表示只要在社區的至高點即可。

原先要騎機車，但張若如表示自己有機車恐懼症，所以提議用走路的就好。

晚風也涼，潘冠霖倒也同意。

「我以前也都騎機車上下課，但後來出過很嚴重的車禍，所以就對機車有點恐懼症。抱歉，沒辦法去太遠的地方。」張若如聳肩。

「沒關係，若是妳勉強搭我機車出去，讓妳更不舒服就不好了。」

張若如笑了下，仰頭看了天上星辰，「好美呀，我一直夢想有一天可以和男朋友一起看星空。」

「男朋友……」

「啊，你不要有壓力喔，你還得跟林韶芸約會過，才能確定我們三個人之中，你要選哪個啊。」她一邊說，一邊從口袋拿出了一個紅色的小錢包。「這個，是我自己做的，你可以拿來放零錢。」

「妳的手眞巧。」潘冠霖接過了那小錢包，但捏起來的感覺彷彿裡頭放了些什麼，他正好奇要打開，但張若如立刻握住他的手。

「那個，裡面放了我想給你的信，要是你決定選擇我的話，再打開比較好。」

「是、是這樣喔……」潘冠霖頓時有些尷尬，「爲什麼妳們會喜歡我？明明有更多更好的男生，我這麼普通……」

張若如搖頭，「對我們來說，你就已經是最好的人選了。」

「是這樣嗎……那，我們交換一下聯絡方式好嗎？」

「啊……」張若如乾笑了一下，「我手機壞掉了，下一次吧。」

這麼巧？

「好吧。」

張若如鬆一口氣，「我從來沒有交過男朋友，一直有點遺憾，遇到了你，讓我覺得又充滿希望。」

見潘冠霖沒回話，張若如趕緊說：「不要有壓力，選擇你喜歡的就好。」

雖然這麼說，但是潘冠霖還是覺得非常奇怪。

他只能乾笑，和張若如又待了一陣子後，才兩個人信步回家。

無論是張若如還是高筱倩，都有明確表現出她們的喜歡，同時也都說出她們三個人都喜歡著他。

可是，林韶芸的態度自始至終都不太像，這也是讓潘冠霖有點困惑的點。

可是他又不可能主動去問林韶芸這問題，還在想該怎麼辦的時候，一回到房間，又見到林韶芸在他屋內。

「哇！」他嚇了一跳，林韶芸趕緊比了噓，接著關上他的房門。

「你打開看了沒？」

「什麼……啊……還沒。」

林韶芸皺眉，「你眞的是！我不是叫你快點打開看嗎？」

「我就一直忘記……」

「你剛才和張若如出去了對吧？」林韶芸咬唇，「你有覺得她哪裡怪怪的嗎？」

「又怪？妳要不要講清楚是怎樣……」

「她有沒有給你什麼紅色的東西？」

潘冠霖愣住，林韶芸一臉「我就知道」的表情。

「我就直說了，這個地方，很陰，我打算這幾天就會搬家。」

「等一下，妳在講什麼啦？」

「你一定有發現這裡奇怪的地方，只是都沒有認真去思考！我懷疑她們兩個要嘛被附身，要嘛不是人！」林韶芸壓低聲音，「我說了，我家是宮廟，我可以感覺到！」

「妳這說得太離譜了吧……」

「那你現在打開看不就知道了？」林韶芸雙手叉腰。

潘冠霖有些發抖的從抽屜拿出那個香包，又從口袋拿出了剛才張若如給的小零錢包。

「快打開吧！」

他深吸一口氣，莫名緊張起來。

一鼓作氣的打開，把裡頭的東西倒出來，赫見指甲、頭髮以及高筱倩和張若如的照片，照片後方寫著女方的生辰八字。

「哇！幹！這是怎樣？」

畫面太過詭異，讓潘冠霖嚇個半死。

「唉，我就知道！」林韶芸嘆氣，「你聽過冥婚嗎？」

相傳尚未結婚的女性死亡後，其家屬會爲了給她好歸宿，而將女方的生辰八字放在紅包之中，等待有緣人來撿。

撿到，便需要將女方娶回家。

「但是這種東西怎麼會……」

「這裡以前的大地主，就是曾經發過宏願，要是他能夠發達，便會世世代代幫助早死的善男信女完成婚嫁，當時這間屋子是專門用來完成冥婚儀式，但是時代變遷，太多人都知道地上紅包不能撿，後來地主出售了土地，與建商協商留下這一間屋子，改成另一種冥婚。」

潘冠霖所塡寫的網頁，就是進行八字配對，而孩子早逝的父母們，則會把自家孩子的生辰八字交給他們，由他們進行配對，將八字合適的異性擇一，安排來住到這，看最後誰能結成連理。

「之前不是有個女生自殺嗎？像她就是真心和其中一個鬼相戀，最後無法忍受獨活，才會自殺後和那個男生在陰間真正的在一起。」

「這也太誇張了！等一下，妳說擇一活人，那難道妳也……」

「呸呸！我是因爲家裡關係才會過來，簡單來說就是過來調查！」林韶芸搖頭，「總之，我要走了，你自己找機會也快溜吧！」

「不行啊！妳不能丟下我！」潘冠霖大叫，伸手拉住林韶芸的手，「妳走了我怎麼辦？」

「唉。」她從口袋拿出了一個紅色的護身符，「我只能這樣幫你了。」

「給我護身符有什麼用！妳等我，我收拾好東西跟妳一起走。」

「不可能啦！她們都看上你了，你是逃不了的。」林韶芸還有空開玩笑的說，「而且娶鬼妻也沒什麼不好，你還是能有現世的戀愛與老婆，只要尊重有個大姐就好；況且鬼妻還會幫助你一帆風順呢。」

「我、我不要啊！我會怕啊！」

「唉，你把自己的生辰八字放到護身符裡面，多少可以保佑你一小段時間平安，然後你趁這個時候去外面找大廟的人幫忙，我只能幫到這兒了。」

「等、等一下！」潘冠霖嚇得趕緊拿起桌上的紙和筆，快速的寫下了自己的生辰八字，然後塞入到護身符裡面。

「這樣就可以了吧!?」

「對，這就可以……」林韶芸露出了笑容，「終於……」

「咦？」

忽然狂風吹至，潘冠霖房間的門被風用力吹開，只見高筱倩以及張若如正一臉鐵青、怒視著房內的林韶芸。

「啊啊啊！」潘冠霖大叫，因爲高筱倩和張若如兩人離地飄浮，頭髮亂飛，尤其是那張臉，明顯不是活人的模樣。

「林韶芸！妳居然敢這樣子做！」高筱倩怒吼著，屋內的電燈閃爍，她的臉色發青，嘴角還吐出了白沫。

「說好的公平競爭、不要手段！妳怎麼能夠搞小動作？」張若如的頭部凹了下去，流出潺潺鮮血。

「哇哇哇！」潘冠霖大叫，躲在林韶芸背後不敢看，這是怎麼回事!?

他忽然想起高筱倩曾經說過，她不敢吃夜市的食物，從她那模樣看起來，難道是食物中毒死亡的？

還有張若如，不敢騎機車，那場嚴重的車禍不是讓她有恐懼症，而是直接帶走了她的生命？

不不不，不管怎麼樣，早知道就不要貪小便宜填寫資料了，阿強說得沒錯，看起來就奇怪的東西，是他警覺心太低了！

「不管怎樣，他現在已經是我的了。」林韶芸大笑起來，「什麼公平競爭啊，等多久才能遇到八字合拍的對象？妳們還眞的公平競爭，或許是因爲妳們死得不夠久才有辦法這麼做，妳們知道我等幾年了嗎？」

這句話的意思……等一下，難道林韶芸也……

潘冠霖立刻打開剛才的護身符，除了自己寫進去的八字外，裡面還有林韶芸的頭髮、指甲以及照片。

「天啊！妳也是鬼！」他大叫。

「是啊！」林韶芸笑著轉過頭，她的臉有些浮腫，身上的衣服居然也變成了民初的旗袍。

「我是搭船要去工作的時候，遭遇到了意外，所以沉船了。我們同船的姐妹有些被仙姑收留，有些冥婚找到好人家，只有我一直飄泊，等到我父母、我兄弟姐妹都離開了，我還在找歸宿。」林韶芸笑著，伸手握住了潘冠霖的手。「終於遇到了八字契合的你，而你也同意選擇了我。」

「我、我沒有選擇啊！」他想抽離手，但是林韶芸的力氣好大。

「你把八字放進去，就是同意了！」高筱倩尖叫。

「白痴啊！潘冠霖，你怎麼這麼蠢！」張若如也吼。

「我、我怎麼知道啊！」潘冠霖快要哭了，要怎麼樣才能逃離這裡啊？

「木已成舟，我的家人很快便會與你家拜訪，讓你娶走我。」林韶芸恢復成原本可人的模樣。「妳們兩個也要懂敬老尊賢，反正妳們死沒幾年，還有很多時間可以慢慢等。」

「不是公平競爭的結果，我不同意！」高筱倩飛撲過來，指甲變得老長，就要朝她刺下去。

「想跟我鬥？妳有幾年道行？」林韶芸只輕輕一揮，就讓高筱倩往牆壁上飛去。

「嗚！」這一掌可不輕，高筱倩差點魂飛魄散，她趴在地上完全無法動彈。

「怎樣？妳也要出手嗎？」林韶芸看著張若如。

「不……」張若如可不傻，「但，我可以提議一件事情嗎？」

7.

「潘冠霖，你怎麼回事？黑眼圈那麼重？」阿強一邊吃著早餐，一邊好奇問，「而且你還請假兩個禮拜，是怎麼了，去環島喔？」

「沒有。」潘冠霖打了哈欠，「我搬家了。」

「搬家？你不是好不容易抽到那裡，怎麼就搬家了？」阿強訝異。

「因爲目的達到了……」

「啊？」

潘冠霖搖頭，他們家簽下了保密合約，也跟建商那邊拿了一筆錢。

這就是爲什麼，從來沒有人在網路揭露這些事情的原因。

大多數的人拿了錢，娶了鬼妻或是嫁了鬼夫後，還是繼續過正常的生活。

唯有上一次的女孩用情過深，無法接受自己嫁了鬼夫後卻碰觸不到鬼夫，才會攜手黃泉，於地下相愛。

至於那座社區，經過師父們的特殊陣法，只要是被選中媒合到的鬼魂，都能夠在這個社區稍微像人一樣的生活。也就是說，他們能夠碰到陽間的東西，也多少可以吃一點食物，但是都不能過量。

同時，他們也離不開這個社區。

而那棟屋子，就是專門給未嫁未娶的男女配對用的，簡單來說就是恐怖版的戀愛公寓。

而當然，這些靈體會保佑建商的這塊土地平平安安，土地大漲，連帶保佑建商的其他建設都能獲得超乎想像的利益。

只要媒合到了，也成功完成婚禮儀式，那就得搬出這屋子。

對，完成婚禮儀式。

「我去結婚了。」潘冠霖說。

「啊！笑死，遊戲裡面嗎？」阿強大笑著。

潘冠霖最後，把三個女生都娶回家了。

一開始他的父母當然反對又傻眼，說著要去其他廟宇作法，化解掉這樁冥婚。但是當建商帶著黑色皮箱過來，打開裡頭的現鈔時，潘冠霖都要答應了。

「這是一位的價格，若是三位都娶的話，會是這個的三倍。」

這下子，連父母都猶豫了。

他們上網GOOGLE了娶鬼妻會有什麼影響，但看起來都還好，不過怎麼說都還是有點猶豫，這時候驚人的轉折來了。

張若如的父母來到他們家，他們家居然是知名企業，能和這樣的家庭結爲親家，似乎沒什麼不好。

於是大家討論了一下，由潘冠霖和她們做最後的確認。

不會干涉潘冠霖在陽間應有的壽命。

不會干涉潘冠霖未來與其他活著的女性戀愛甚至結婚。

不會對未來出生的孩子有所怨懟。

三個女生都表示沒有問題，她們要的只是歸宿。

於是，在這樣的情況下，潘冠霖點頭同意了。

他們舉行了冥婚的儀式，因爲說實話，他都已經把八字交給對方了，要化解也不太容易，不如就順水推舟吧。

只是未來，潘冠霖的老婆是陽間第一位，可卻是排序第四位，上頭還有三個姐姐要服侍呢。

想到這裡，就覺得他的感情運有些堪憂。

「哎呀，你不要這麼想啊，我們還能幫你過濾對方是不是壞女孩喔。」林韶芸躺在一旁的沙發上，一邊滑著手機一邊說，「對了，燒個手機給我吧。」

「妳不是已經有了嗎？」

「現在有最新的啊，還有啊，這個沙發我也想換了，燒個新的吧？」

「知道了……」

沒錯，雖然說已經不會再見到實體的她們了，可是每個禮拜他都必須分配時間，在夢裡分別與「老婆們」見面，並且履行丈夫的義務。

嗯……要是未來有了活著的老婆，這算是出軌嗎？

某方面來講，他這樣是實現了眾人稱羨的一夫多妻制度吧？

「這樣會被吸走精力嗎？」潘冠霖擔憂，畢竟阿強也說他的黑眼圈越來越重了。

「那是你自己晚睡打電動，我們現在都是合法的夫妻，才不會有什麼吸取精力的問題勒。」張若如皺眉，「而且我爸媽給了你們不少錢吧！拿去買補品呀～」

「知道了，老婆大人～」

「哼，不如多燒點好吃的東西給我吧，我很懷念臭豆腐呢。」

「臭豆腐要怎麼燒？」

「去找啊！不然就請人畫呀！」她作勢要打人，讓潘冠霖忍不住笑了出來。

若是想要桃花，就去申請那間租屋吧，只要填下你的生辰八字，就會幫你牽到緣分，有時候你的緣分，可能是在另一個世界啊。

「你在寫什麼？」高筱倩從背後環抱住潘冠霖，長髮在他的肩膀上滑過。

「我在這邊寫的東西，也不會帶到現實去對吧？」他用著前幾天燒給高筱倩的電腦，一邊發問。

「是不會，但是可以發到我們這個世界的網路上。」

「這麼神奇！好吧，這樣也行。」他按下ENTER，接著發送。

「寫了什麼？」

「寫了一個……對妳們這世界來說，應該是愛情故事。」

但對陽間來說，或許、可能，會是個鬼故事。

但誰知道呢？

也許對你來說，也會是個愛情故事啊。

E區那一戶，歡迎你來承租。

第三篇

一場冥婚

龍雲

1.

殯儀館中，哀戚的氛圍瀰漫在每個角落。

在一間間大小不一的靈堂建築中，一個女孩的告別式，正在角落的一間小靈堂中舉辦著。

即便已經是殯儀館中規模最小的靈堂，空蕩蕩的靈堂只有女孩的雙親佇立在兩旁，顯得格外淒涼。

女孩的相片就掛在靈堂之上，被黃色的花朵包圍著，清秀的外表與那對明亮的雙眼，絕對可以讓路過的人爲這樣的悲劇感到惋惜。

靈堂一旁，女孩的父親阿欽仰望著女兒的相片，他不懂老天到底是在折磨他，還是折磨他女兒。

跟其他忙於工作的父親不同，阿欽在那場意外之後，就徹底放下了事業，全部的心思都放在女兒身上，但想不到竟然是這樣的結局。

想當初女兒年幼時，因爲阿欽和老婆阿霞都忙於工作，因此將她丟給保母以及托育中心去照顧。結果因爲一個不注意，導致發生了嚴重的意外，讓女兒失去了右手的小指。

也正因爲這個緣故，心疼不已的阿欽，在那之後便開始調整自己的重心，完全將心思放在女兒身上，不再以事業爲重，完全不缺席女兒的成長。

但是今天這樣的結果，卻讓他心如刀割。

女孩的靈堂前，是往來其他靈堂的走道，因此即便靈堂內空蕩蕩沒有前來弔念的親友，外面的走道卻常有人路過。

在殯儀館這種特殊的場合，即便路過他人的靈堂，大家也基於尊重，鮮少有人會朝裡面望，不過總是有這麼幾個人，忍不住朝裡面看，看到靈堂前擺著女孩的照片，不免又多看了幾眼。

亮麗的外表以及英年早逝的遺憾，都會讓人心生憐憫與喟嘆之心，不過這些路人稍縱即逝，幾乎都不會停下腳步。

這時一個身穿道袍的師父，帶著一個弟子，自不遠處走來。

或許在路上，這樣的穿著會顯得很突兀，然而在這個特別的場所，卻隨處可見這樣的工作人員。

那位身穿道袍的師父，後頭跟著一個年輕人，兩人就這樣一前一後經過了靈堂外的走廊，這時前面的師父卻突然停下腳步，然後緩緩的將頭轉向靈堂。

師父盯著看了一下女孩的照片，臉上的表情顯得十分沉重。

師父停下腳步凝視靈堂的畫面，吸引了女孩雙親的注意，兩人望著師父。

師父一臉凝重，看了一會之後，將視線轉向阿欽，兩人四目相交，然後師父避開視線的同時，重重的嘆了一口氣，點了點頭，示意節哀，接著便低著頭離開。

然而就是那口嘆息，讓阿欽和阿霞互看了一眼，阿霞努了努下巴，兩人一起追出靈堂。

兩人快步趕了過去，很快就追上了師徒倆，並且出聲叫住他們。

或許是意識到自己剛剛的行爲有點失禮，因此師父一轉身立刻開口道歉。

「眞的很對不起，」師父低著頭說：「我失禮了。」

然而這並不是夫妻倆衝出來的原因，所以阿欽並沒有責怪對方的意思。

「不好意思，」阿欽說：「師父，可以問一下，你爲什麼要……」

「我知道，」師父點了點頭說：「唉，說眞的，我是剛辦完後面一家人的法事，剛好路過的，只是……」

女孩雙親的兩對眼睛直直盯著師父，認眞的聽著師父說的話。

師父停頓了一會之後說：「我感覺到，很強烈的怨氣。」

聽到師父這麼說，阿欽臉色一沉，與阿霞互看了一眼。

「以我的經驗來說，」師父接著說：「像這麼年輕就去世的孩子，常常會有這樣的情況。他們的怨氣，不見得來自對人的怨恨，而是一種不甘心，什麼都還沒有體會就離開人世。」

原本還一直堅強壓抑自己情緒的阿欽，聽到這話再也忍不住哭出聲來。

相比之下阿霞顯得堅強許多，不過對於師父剛剛說的話，也沉下了臉若有所思。

「節哀順變，」師父安慰著阿欽：「以我們華人的習俗，唉，加上她是女孩，其實這情形還蠻常見的。」

「那我們該怎麼做呢?」阿霞問道。

「倒也不是沒有辦法化解，」師父低下了頭說：「只是……」

這時原本悲從中來的阿欽，也努力抑制自己的情緒，等待著師父給出辦法。

「兩位，」師父凝視著夫妻倆一會之後，慎重的問道：「有考慮……讓她冥婚嗎？」

2.

站在街頭，等待著巷尾的那位婆婆離開巷子。

阿欽手握著紅包，心情盪到了谷底。

這幾天，他們夫妻倆爲了這件事情，幾乎吵翻天了，這讓本來感情就沒有多好的兩人，幾乎都要走到離婚這一步了。

對於冥婚這事情，阿欽也不是完全不相信，不，或者應該就是說相信這個習俗，眞的像嫁女兒一樣，而且撿到紅包的人，多少還是有點像被人強迫了一樣，所以他並不贊成這樣的事情。

不過他最後還是妥協了，主要還是因爲想到了殯儀館那位師父所說的話，他不希望女兒的怨氣，讓她變成孤魂野鬼飄盪在人間。

生前沒辦法讓女兒出嫁，至少死後讓她有個歸宿，於是在天人交戰之後，阿欽還是決定讓女兒冥婚。

爲的就是希望可以平息那個師父口中所說，女兒往生之後產生的怨氣。

至於要怎麼做，阿欽其實也稍微問過了一些對民俗比較了解的朋友，大致上知道，其實這種事情，有點屬於半強迫性質，只要把女兒的姓名與生辰八字寫在黃紙上，放入紅包袋中，接著將紅包袋放在某個地方，等待有緣人撿起來，那麼這個冥婚就算成了。有種姜太公釣魚，願者上鉤的味道。

不過也就是因爲幾乎不需要過問對方的意願，有點霸王硬上弓的感覺，讓阿欽有點掙扎。

畢竟同樣身爲男性，他實在無法想像，自己如果走在路上，就被人強迫塞了一個鬼老婆，會有什麼樣的想法。生活肯定會陷入一片混亂，而且一定也會很不甘心吧？

雖然是這麼想，但是如果那個鬼老婆，是像自己女兒那樣的女孩，他肯定不會有半句怨言。這也是到頭來阿欽妥協的主要原因。

既然生前沒辦法執其之手，交到可靠的男人手中，那麼死後如果可以補足這樣的遺憾，自己就算因此墮入地獄，也在所不惜。

於是，好不容易等到那位走路有點搖搖晃晃、慢吞吞的阿婆離開了巷子，阿欽這才走進巷子裡面。

這裡雖然是條防火巷，但還算寬敞，因此有很多機車族會把機車停在這裡。如果只是單純把紅包放在地上，恐怕完全不會有任何人將它撿起來。更糟糕的是，可能會有很多人走路根本沒在看路，直接把它踩下去。

所以在經過一段時間的考慮之後，阿欽想到了一個辦法，就是直接把這個紅包擺在機車椅墊上，如此一來，幾乎每個車主都會把紅包撿起來。

先不要說後續的處理如何，至少已經突破了第一個難關，不可能對其置之不理，更不會一腳就直接踩在紅包上，頂多就是把它丟旁邊。

會挑選這條防火巷還有另外一個原因，就是因爲巷口就有一間便利商店，而店外擺有幾張桌子，其中有一個位置剛好可以看到巷子裡面的情況，剛好可以看看對方到底怎麼處理自己女兒的紅包。

一切準備就緒，阿欽立刻上前，挑了一台比較新的機車，然後將紅包放在椅墊上。擔心會有風將紅包吹走，阿欽還在紅包裡面多擺了幾枚銅板，有點重量，一來可以防止風吹，二來也多少可以增加一點拿起紅包的人萌生的好奇心。

放好紅包之後，阿欽立刻到那個位置坐定，然後抱持著長期抗戰的心情，準備守到有人將紅包撿起來爲止。當然如果自己眞的撐不下去，自己也會去回收紅包，明日再來。

阿欽坐在椅子上，眼睛盯著所有往來的人群，想像著到底自己未來的女婿會是什麼模樣。一想到這裡，阿欽又想，萬一那台機車的主人是個女的怎麼辦？自己該不該上前阻止她打開紅包呢？

難題還沒想透，這時阿欽注意到了，一個男人轉進了巷子。

男子經過的時候，阿欽有看一眼，總覺得不知道在哪裡看過他，結果他就轉進巷子裡面了。

不會這麼剛好吧？才剛放好人就到了？

阿欽沒有這麼樂觀，只是看著對方，希望對方經過的時候，不要對紅包袋做什麼就好了。

想著想著，那個男人來到了放有紅包袋的機車旁，頓時停下了腳步。阿欽見狀，屏住了氣息，雙眼死命盯著。

結果，男人考慮了一下之後，伸出了手，拿起了紅包袋。

阿欽見狀，忘情的張大了嘴，完全忘記自己需要多少掩飾一下身分。不過這些對阿欽來說，一點也不重要，現在最重要的，還是男人後續的動作。

只見男子愣愣的望著紅包袋，彷彿一時之間還搞不清楚到底是怎麼回事。過了一會之後，男子似乎意識過來，將手上的紅包打開來……

阿欽屏住氣息，看著男子。

兩人之間距離差不多五十公尺，所以沒有辦法看得很清楚，只能從一些動作來推測，對方在幹嘛。

然而對方卻沒有半點動作，這讓阿欽不免有點狐疑，不知道對方到底是什麼反應。

就在這時，阿欽彷彿看到了什麼，瞇起了眼睛想要看清楚。

透過這個動作，阿欽終於看清楚了男子的反應，不過也讓他沉下了臉。

男子身子微微顫抖，似乎也知道自己犯下了什麼樣的錯。

看到男子的反應，讓阿欽心中浮現出強烈的厭惡與罪惡感，他沉痛的閉上了雙眼，內心向男子不斷的道歉。

只是，在阿欽完全看不到的正面，男子確實渾身顫抖，只是嘴角卻不自覺的揚起了一抹微笑……

3.

雜糧行的倉庫外，幾個來進貨的商家，聚集在一起抽菸聊天。

這是這群人來這裡進貨時的例行公事，這些人也因爲這樣，成爲了不錯的朋友，私下還會一起相約去玩樂。

只不過今天這個例行公事，卻有點變調，感覺似乎朝著一個眾人都意想不到的方向發展。

一切的起因，來自於這家雜糧行進來了一個新人小馬，這些老客戶爲了打好關係，因此有人提議帶小馬去風花雪月的場所消費一下，當作迎新。

「你嘛幫幫忙，好歹問一下人家結婚了沒，如果人家結婚了，這樣把人家帶壞不好啦。」其中一個老客戶說。

「最好結婚了啦，我跟你賭他一定還沒結婚啦，你沒看他那……那麼年輕。」

當然，這回答讓眾人笑了出來。其實原因無他，主要是因爲小馬其貌不揚，年紀也確實很年輕，多少有點輕視的味道，不過還是以開玩笑的成分居多。

不過也是因爲這個緣故，導致這原本應該要給新人迎新的八大之旅，演變成一場詭異又令人驚訝的討論。

其中一個常客，在小馬回來之後，立刻提出眾人的疑惑，詢問他的婚姻關係，然而得到的卻是一個非常奇特的答案。

「我……沒結婚，不過算是個有老婆的人。」小馬臉上浮現出神祕的微笑。

「女朋友就女朋友，什麼有老婆沒結婚的。」其中一個老客戶笑罵。

「不是這樣的，」小馬笑著搔搔頭說：「是眞的老婆，結過婚的那種。」

「所以是離婚了？」

小馬神祕的搖搖頭，這更加激發了眾人的好奇心了，大家要他說清楚。

「不知道大家……有沒有聽過冥婚？」

明明是答案，卻誘發出更多問題。

大家一聽眞的有點好奇了，紛紛問出許多五花八門的問題。

「是眞的那種冥婚嗎？」

「是因爲你女朋友出意外往生了嗎？」

「爲什麼你會答應冥婚？」

「你該不會是撿地上的紅包吧？」

各種問題如海浪般席捲而來，讓小馬根本不知道從哪個問題開始回答起，後來大家終於安靜下來，讓小馬好好回答。

「所以你先前就認識你老婆嗎？就是你老婆……生前。」

「不認識，」小馬回答：「我算是幫人家的忙，就是親戚有朋友的女兒早逝，沒有對象，擔心女兒入不了祖墳，變成孤魂野鬼，所以特別來求我幫忙。」

這話讓眾人沉默了下來，仔細聽著小馬說的話。

「我想說就當行善吧，」小馬聳聳肩之後，臉上突然露出一抹得意的微笑：「誰知道……竟然這麼好！」

眾人對於冥婚這檔事，確實是有聽過沒見過，所以疑問也是特別多。小馬也算好相處，幾乎所有問題都有問必答。

然後，不知道是誰，突然問了一個問題。

「那……你們會做那檔事嗎？」

這個問題讓現場所有人頓時安靜了下來，彷彿這時有人將一盞聚光燈打在小馬的身上，成爲萬眾矚目的焦點一樣，所有人屏氣凝神想要聆聽他的答案。

說到底，這恐怕是所有男性都想要知道的答案。

「當然會，而且……」小馬臉上浮現出一抹得意的微笑：「是我這輩子完全沒體會過最好的體驗。」

所有人聽了，都不自覺的吞了口口水。

「你們不要小看在夢裡面的感覺，」小馬接著說：「而且就是因爲都在夢裡，所以各式各樣的情況都有，你只要能夠討好自己的老婆，讓她甘心爲你做任何事情，你要她變成什麼樣的女人都可以，光是這點就夠你爽了。而且在夢中的當下，非常眞實，那感覺恐怕比你眞的出去玩還要眞實。」

所有人聽了，臉上都露出驚訝的神情。

確實，如果這是眞的，那會有多美好啊，每天晚上都可以跟自己想要的任何人做那檔事，這不是天堂，什麼才是天堂？

因此光是這點就已經讓在場所有的男人，都一臉癡呆、張大了嘴，有些比較沒有定力的，臉上都浮現出欽羨的表情。

「最後還有更讚的，」小馬說：「你知道……不管你多年輕，某方面都有極限，不是你想要怎樣就怎樣，但是在夢裡面……嘿嘿，你們知道的，一夜十次郎都不是問題啊。」

這話說得底下一陣騷動，大家都紛紛互相指著對方，好像對方很需要這個優勢一樣。

「只是比較麻煩的可能是，早上得換條褲子。」小馬下了這樣的結語。

眾人一陣大笑，完全了解小馬的意思。

大家聊得十分忘我，直到雜糧行的老闆感到奇怪，怎麼一群人進去搬貨，半天沒有半個人出來，到後面倉庫一叫，眾人這才一哄而散。

不過關於冥婚這檔事情，都在所有人心中留下一個神奇的烙印。

尤其是在夜市擺攤烤玉米的阿偉，更是對於冥婚這檔事，浮現出各式各樣的遐想。

當天傍晚，整理好食材，推著車子到夜市擺攤，阿偉滿腦子還是想著自己不知道能不能找到願意跟他冥婚的對象。

他也想要體驗看看，那種在夢中無限歡愉的感覺。

其實不要說小馬啦，就連阿偉自己都不知道要去哪裡討一個老婆。

阿偉的雙親死得早，又沒有什麼可以依靠的長輩，孤家寡人一個，少了長輩幫忙，職業又是攤販，幾乎沒有多少機會可以接觸到異性。雖然常有亮眼的客人，但是如果隨便騷擾對方，說不定會被夜市自治會取消攤販資格，到時候就眞的得不償失了。

因此今天聽到了小馬的故事，眞的讓阿偉頗爲嚮往。孤單生活慣了，就算現實中討不到老婆，或許眞的跟那小子一樣，找個冥婚的對象也不錯。

……是眞的很不錯。

就這樣一整天下來，阿偉腦海裡面都在想這個，每個路過攤前的女性，他都不免想像一下，如果可以變成自己老婆，每天在夜裡跟自己交歡，到底會是什麼感受。

時間來到了半夜，整個夜市幾乎都快收完攤了，阿偉還在想著冥婚的事情。然後，他就看到了那個女孩。那個女孩阿偉見過，應該是住在附近的女孩，她常常到夜市買東西，三不五時就會到阿偉的隔壁攤買紅豆餅。女孩面貌姣好，氣質出眾，每次看著女孩，都會讓阿偉產生一種自卑的情緒。

今天晚上阿偉用挑老婆的心情，看遍了所有路過的女性，然而前面所有的女性加起來，都沒有這個女孩來得好。

光是看到女孩，就讓阿偉有種強烈的衝動，認定就是這個女孩。

只是……不管阿偉有多麼強烈的渴望，女孩終究是活人，先不說自己配不配得上，基本上女孩還活著這點，就完全不符合冥婚的條件。

這讓阿偉感到惋惜，但是也無可奈何。

阿偉不記得曾經在這麼晚的時間看過她，大部分都是下課之後的傍晚，再晚一點，頂多就是晚餐左右的時間出現。

女孩一臉驚慌，彷彿在找什麼。不過阿偉根本沒有多想，只是看著她，想著如果她可以做我老婆該有多好。

女孩彷彿感應到了阿偉的想法，原本還在對街的她，突然準備過馬路，來到阿偉這一側。

對！過來吧！

阿偉在心中呼喚著女孩，下一秒鐘，一部疾駛而過的車子，突然殺了出來，並且朝女孩重重的撞了上去。

強烈的撞擊力道，將女孩整個人撞飛出去，阿偉完全看傻了眼，心臟也漏跳了一拍。

夜市裡面的人也被這巨大的撞擊聲響嚇了好大一跳，所有人紛紛聚集到前端，想看看發生什麼事情。

有別於那些看熱鬧的民眾，阿偉可是眼睜睜看著女孩就被車子撞到飛了出去，因此受到的驚嚇也是最爲強烈。等到阿偉回過神來，從攤位跑出來，想要看看是哪台車子撞死了自己的心上人，肇事的車輛已經逃之夭夭，只剩下肢體以詭異角度扭曲、躺在一片血泊中的女孩，以及周遭民眾的驚呼與哀號。

4.

親眼目睹一場死亡車禍，確實讓阿偉感到無比的震撼與驚嚇。尤其是那位女孩才剛經過自己的面前，一轉眼人就這樣沒了。當然，這起意外也引起了騷動，警方也到場處理。可惜的是，肇事逃逸的車輛，現場沒有人能夠提供什麼可靠的線索，即便是當下看著那女孩的阿偉，都不知道那輛車到底是黑是白。只能祈禱警方調閱監視器之後，可以想辦法將凶手繩之以法。一直到回家好好洗個澡之後，大腦才恢復正常，可以正常運轉。

然而，正常運轉之後，第一個想法就是女孩真的很可憐，說不定還沒有交過男朋友就這樣慘死……接著，在雜糧行時，小馬的臉與他講過的話，順理成章就這樣浮現在阿偉的腦海之中。

想起來真的很恐怖，自己才在怨嘆女孩活蹦亂跳，不是可以冥婚的對象，下一秒鐘就變成天人永隔，彷彿自己的心願被上蒼聽到了一樣。這讓阿偉覺得有點內疚，不過……這也給了自己一個不得不「負責」的理由。

只是現在這個時代，幾乎已經沒有人在冥婚了，就算自己願意負責，人家也不太可能會那麼剛好，就把女兒包在紅包裡面嫁掉吧？

所以到頭來，即便女孩眞的成爲了可以冥婚的對象，阿偉還是只能想歸想，沒有半點實質的辦法。

第二天下午，阿偉推著推車到夜市，開始一天的擺攤。

附近幾個攤販，還是對昨天半夜發生的那起車禍心有餘悸。雖然說柏油路上已經看不到半點痕跡，不過那景象仍然歷歷在目。

到了傍晚的時候，負責昨天那起肇逃案件的警員，前來詢問案件的狀況，希望可以找到一些目擊者，提供有利的情報。

雖然身爲目擊者，但是阿偉實在沒有辦法提供什麼可靠的情報。反而，透過了警方那邊，以及自治會的人那邊，得知了女孩家的住址。

後來阿偉還打聽到了女孩告別式的時間與地點，在告別式的那天，雖然還是腦袋裡面一片空白，不知道該怎麼讓女孩的家人同意冥婚，不過還是抵達了殯儀館。

不敢靠近的阿偉，只敢遠遠的眺望女孩的靈堂，裡面空蕩蕩的景象，更讓阿偉替女孩感到哀傷，也更增加了要把女孩娶回家、好好照顧她的使命感。

於是阿偉在殯儀館閒晃，希望可以想到一點辦法，這時他看到了一對做完法事的師徒，突然有了一個靈感。

他跑到兩人面前，攔住了他們。

「不好意思，那個……有件事情，我想請求師父幫忙一下。」

帶頭的師父看著阿偉，阿偉這時一臉哀戚，裝作十分痛苦的模樣說：「我有個很要好的女友，我們感情非常好，不過她的家人，並不知道我們兩個在交往。」

這原本是阿偉臨時想到的台詞，想不到說起來讓阿偉十分入戲，連淚水都湧了出來。

他將自己的想法以及希望師父幫他的事情告訴了師徒兩人，當然還答應會給一筆錢當作酬勞，拜託師父幫幫他。

十分鐘之後，那一對師徒來到了女孩的靈堂前，停下腳步之後，前面的師父重重的嘆了一口氣……

5.

想不到一切竟然眞的會如此順利，在請師父幫忙之後，阿偉幾乎每天都會來女孩家樓下報到。

原本以爲對方終究沒有打算讓女孩冥婚，這一天看到了女孩爸爸走出家門，阿偉雖然還是跟了上去，不過已經不抱任何希望了。

誰知道女孩爸爸眞的是去放紅包的，一等到紅包放好，阿偉已經迫不及待的快步過去，一把就將紅包撿起來。

由於興奮過度，阿偉還忍不住渾身顫抖，只差沒有手舞足蹈、高聲歡呼。

阿偉做夢也沒想到，夢想就這樣成眞了。

回到家之後，他立刻把房子好好打掃了一番，在此之前，他就已經上網查過，冥婚該進行的手續。

他一切都規劃好了，房間也布置成了新人房，整個就跟眞的結婚沒什麼兩樣。

於是回來之後，他照著先前預演過的流程，完成了冥婚的手續。

一切都搞定之後，他洗了個澡，然後換上睡衣，躺在床上。

他發現整個過程，自己幾乎都是嘴角上揚，有種笑到合不攏嘴的感覺，期待與喜悅之情盡寫在臉上。

躺在床上，除了想像自己接下來的夢境，以及那傳說中至高的性體驗之外，他還在想，自己或許也能夠去拜訪女孩的父母，說不定兩老會捨不得自己這個名義上的女婿，多少贊助自己一些，如此一來還眞的是人財兩得。

就在這樣的極度美好之下，阿偉逐漸進入夢鄉。

彷彿聽到了什麼聲音，他突然驚醒，從床上坐了起來。

——女孩來了。

不管是日有所思夜有所夢，還是冥婚眞的成功了，女孩終究來到了他的面前。

女孩看起來極爲羞澀，低著頭不敢靠近，看得阿偉整個人心癢至極。

「從今天起，我就是妳的老公。」阿偉這麼告訴女孩。

女孩頭更低了，過了一會之後，輕輕的點了點頭。

雖然阿偉不想表現得像個變態，但是心中那熊熊燃燒的慾火，早已經按捺不住。一看到女孩點頭，他立刻上前摟住了女孩的肩。

由於這是他人生第一個很有意識的春夢，他害怕時間稍縱即逝，所以用手輕輕將女孩低著的頭給抬了起來。女孩沒有太多抵抗，看著女孩美麗的容貌，阿偉將嘴唇湊上去，深深的吻了女孩一下。

與此同時，阿偉的手也沒有閒著，立刻開始幫女孩脫衣服。

「不要怕，我會好好珍惜妳的。」

阿偉笨拙的脫去了女孩的衣服，不過當衣服向下滑的時候，阿偉感覺到了異狀，衣服好像包著什麼重物一樣，掉到了地板下。

阿偉低頭看了一眼，不看還好，一看嚇了一跳，只見衣服雖然正常的掉在地板上，但是女孩赤裸的身體，卻少了一隻手臂。

阿偉定睛一看，只見衣服底下，一隻手就躺在那裡，被衣服給覆蓋著。

「妳……妳的手……」

話還沒說完，女孩的另外一隻手也應聲分離，啪的一聲掉在了地上。

脫完女孩的衣服之後，阿偉就捧著女孩的臉，此刻雖然看傻了眼，但是雙手仍然捧著女孩的臉。阿偉抬起頭來，與女孩四目相對，張大了嘴卻說不出話來。

女孩似笑非笑的凝視著阿偉，下一秒鐘，女孩整個身軀一軟，竟頭身分離，整個癱倒在地上。

驚嚇的阿偉愣了一下，看著自己雙手捧著女孩僅剩的頭顱，立刻雙手一鬆，整個人向後跳了開來。

結果女孩的頭顱並沒有跟軀體一樣，掉落在地板上，而是浮在空中，雙眼惡狠狠的瞪著阿偉。

阿偉驚恐的瞪大雙眼，看著女孩飄在空中的頭顱。

女孩瞪著阿偉，冷冷的說：「這就是你說的珍惜我？」

阿偉已經嚇到六神無主，只能用力搖著頭。

女孩的頭顱突然衝了過來，阿偉根本來不及反應，就這樣被女孩一口咬到了臉頰。

阿偉先是嚇到大聲叫了出來，不過下一秒，臉頰立刻傳來強烈的劇痛。

阿偉本能的用手抓住女孩的頭，但是只要一動女孩的頭，那劇痛就加劇，讓阿偉也不敢太大力扯。

女孩就這樣咬著阿偉的臉頰，那劇痛讓阿偉難以忍受，更讓他不解的是，爲什麼這麼痛這場惡夢還不會醒？

到最後阿偉痛到暈過去，不過在眞正暈過去之前，他彷彿聽到了女孩的聲音說：「太生了，還是烤過之後比較好吃……」

6.

夜市，紅豆餅攤的女兒，將目光投向對面的骰子牛攤。

即便戴著口罩，但是空氣中瀰漫的那股肉香味，還是讓女兒感覺到餓了。

只是她不解的是，今天又不是對面第一次擺攤，都在這裡好幾個月了，從來不曾聞過這麼濃烈的肉香味。

「媽，妳有聞到嗎？」

「什麼？」

「對面烤肉的味道啊，妳不覺得今天特別香嗎？」

「嗯，」媽媽轉過頭看著女兒笑著說：「餓了嗎？」

「有一點。」女兒用手指掐了個「一點點」的手勢說道。

「好，不然……」

媽媽正準備掏錢讓女兒去買，結果話還沒有說完，一個客人突然站到攤位前，打斷了母女倆的對話。

兩人立刻開始招呼起客人，客人點完餐點之後，母女倆也開始動作起來。

在等待母女倆的期間，客人彷彿也聞到了那股瀰漫在空氣中的香味，開始轉頭四處找尋香味的來源。

注意到客人模樣的媽媽，心想等等是不是自己去買，順便跟老闆反應一下，這肉香太誇張，說不定會影響到其他同樣是賣吃的店家之類的事情。

然而那位客人卻沒有朝對面的骰子牛看過去，而是朝著自己攤位的旁邊看，然後……臉色有了變化。

只見客人一開始是一臉疑惑，然後變得一臉驚恐，瞪大雙眼看著攤販母親，並且用顫抖的手比著隔壁那一攤。

這讓母女倆有點不解，也同樣朝隔壁那攤看過去，只是兩個攤販之間，有著一根柱子，所以母女倆得要後退幾步，才看得到攤位的內場。

兩人後退一看，臉上的表情也頓時變得跟那位客人一樣。

只見隔壁玉米攤的攤販，整個人趴在烤盤上，這下母女倆才知道，原來今晚不斷傳來的烤肉味，根本不是來自於對面的骰子牛，而是隔壁這攤不應該飄出肉香味的玉米攤。就在眾人傻在原地，看著眼前這幕不真實的景象，隨著溫度不斷升高的頭顱，這時突然轟的一聲，整個頭顱閃燃了起來，彷彿就像是現場有個導演大喊「Action！」一樣，母女倆與客人們立刻厲聲尖叫起來。

整個夜市跟著騷動了起來，頓時亂成了一團。

7.

那天，在目睹男子撿了紅包之後，阿欽一路尾隨著男子，來到了男子家樓下。在一路尾隨的路上，阿欽終於想起自己在哪裡見過男子了，他好像就是在家裡附近夜市擺攤的攤販。

在確定了對方的身分與住所之後，阿欽回到家裡面，接下來的幾天，他一直想著到底該怎麼跟對方接觸。一開始阿欽想說直接到夜市找他，不過如果對方眞的很生氣，當場跟自己吵起來，夜市往來人群那麼多，自己放紅包這件事情，很可能會廣爲人知。

所以在考量之後，阿欽還是決定在白天的時候，親自帶著禮品登門拜訪。來到了那位攤販家樓下，因爲樓下的門開著，所以阿欽直接上樓。在臨行前，阿欽向里長打聽過，大概知道他叫做阿偉，爸媽比較早往生，所以一個人從小就住在這裡，後來也是透過里長的介紹，到附近的夜市擺攤做生意，人品不壞，只是好像沒什麼朋友。

阿欽來到了阿偉家門口，只見阿偉家大門敞開，他感覺到有點怪怪的，不過還是推開門看了一下，結果迎面而來兩個身穿制服的警員。

「你要找誰？」警員問阿欽。

阿欽見警察，內心真的慌了，雖然回答對方自己要找阿偉，不過內心卻想著是自己丟紅包的事情。

警員接著詢問阿欽跟阿偉的關係，這下真的難倒阿欽了。

他支吾了半天之後，勉強說自己的女兒跟阿偉有交往關係。

警方聽了之後，立刻將他帶到屋內，然後讓他坐在椅子上。

由於阿偉無親無故，對警員來說，阿欽恐怕已經是阿偉最親近的人之一了。

警方問了阿欽一些問題，但是阿欽什麼問題都答不出來。

因爲阿偉的死，讓警方這邊有點爲難，現場目擊者眾多，但是沒人看到有人壓住阿偉，就連監視器拍到的影像也顯示，阿偉似乎是在沒人介入的情況之下，「自己」趴在烤爐上。但問題就在於阿偉比較沒有被燒焦的那一邊臉頰上，有一塊沒有被燒到的痕跡，特別的白，而從形狀看起來，就像是一隻缺了小指的手。

這讓警方無法解釋，所以才前來他的住處看看能不能找到一點線索。

結果什麼也沒找到，就遇到了阿欽。

警方也立刻拿出了相片，希望可以從阿欽這邊得到一點線索，但是對阿偉一無所知的阿欽，根本沒辦法提供什麼有利的情報。

最後警方也順著阿欽提供的假消息，推論大概就是因爲女孩死掉，兩人感情很好，導致阿偉眞的想不開，至於臉上的那個掌痕，應該就是巧合。

不過阿欽就沒那麼樂觀了，看到照片裡面阿偉臉上那個掌痕，他差點沒有叫出聲來。他非常確定那個大小與模樣，應該就是自己女兒的手。

只是，他完全不能理解這到底是怎麼回事。

爲了掩飾自己驚慌的心情，阿欽謊稱自己想要拿回一些女兒放在這裡的東西，警方經不起阿欽再三的請求，加上已經完成蒐證，便帶著阿欽一起來到臥室，警方站在門外看著，讓阿欽找他要找的東西。

然而一進到臥室，也立刻被眼前臥室的模樣給搞迷糊了。

這到底是怎麼回事？

看著布置得像新房一樣的房間，阿欽完全不能理解。

要布置這樣的房間，至少需要一點時間，但是阿偉撿紅包不過就是前天的事情。

這兩、三天到底發生什麼了？

難道說……女兒的怨氣眞的如那位師父所說的一樣，完全無法化解嗎？

想到這裡，阿欽忍不住又掉下眼淚，不只心疼女兒的遭遇，更不捨她到了那個世界，還留有人世間的怨恨。他眞心希望女兒可以放下一切，重新踏上輪迴之路，不要再受這些痛苦……但是他很清楚，自己沒有資格這麼想。

這時阿欽注意到了，那個被放在床頭櫃上的東西。

他靠過去，然後伸出手，將那個東西給拿了起來，打開確定了一下，裡面確實放著的就是女兒的名字與生辰八字，這個東西確實就是自己前天放在機車椅墊上面的紅包。

這時，那個站在門外盯著阿欽的警察，突然彷彿聽到了一個女子在外面講話的聲音，因此回過頭看著大門。而門內考慮著該怎麼處理紅包的阿欽，也同樣聽到了一個聲音從身後傳來。

「……爸。」

不過就是這麼一個字，讓阿欽整個人彷彿被雷劈到了一樣，頓在原地。

這個已經聽過不知道多少次的稱謂，這時聽起來格外毛骨悚然。

「爲什麼……」身後女孩突然大聲喝斥道：「要撞死我？」

8.

幾天前，一切都還沒有發生，生活都還是如此美好的午後。

阿欽開著車，在路上繞著，這可是他籌備已久的驚喜，他光想像女兒臉上會浮現的表情，嘴上就不自覺的浮現出幸福的微笑。

女孩是大學二年級的學生，她的學校離家不算遠，但交通不是很便利，兩年來的通勤也耗費了不少時間，因此她想趁著今年暑假期間去考汽車駕照，方便代步。

阿欽向來反對女兒騎機車，因爲終究是肉包鐵，只要想到女兒騎著機車行駛在馬路上，他說什麼都沒有辦法安心，但老是搭大眾運輸通勤，實在也是舟車勞頓。所以他瞞著女兒，準備在女兒考上駕照之後，將現在駕駛的這輛車子，當作禮物送給女兒。

不過這件事情，當然不能讓老婆阿霞知道，她絕對不會贊成這樣的事情，因爲她對女兒的感情，不像自己那麼深。因此他才會保密，而且也在家裡附近，租了個停車位，讓女兒可以把車子停在那邊。這份禮物，不過是做爸爸給女兒的驚喜，然而眞正的大禮，還在後面。

其實這份大禮，早在一年前就已經規劃了，只是當時還沒有找到合適的標的，以及適當的物件。

女孩就讀的大學，雖然在同一個縣市，但她還是經常提起想在外面租房子。只是阿欽希望可以有多點時間跟女兒相處，如果在學校附近租屋，那麼自己就沒有辦法頻繁去找女兒，讓阿欽有點不太願意。

所以這一年來，阿欽就一直在家裡附近尋找適合的租屋處，如果可以的話，他還是希望女兒不要離家太遠，這樣兩人相處的時間會比較多。如今找了一年，終於找到了，加上這台代步的車子，相信女兒一定也會很高興。

想到這裡，阿欽看了一下時間，時間已經差不多了，女兒應該也已經回家了，所以他轉動方向盤，將車子開回家。

阿欽打開家門，看了一下玄關的鞋子，臉上浮現出一抹微笑，因爲從鞋子就可以看得出來，女兒已經回到家中了。阿欽將門關上，並且上了內鎖，如此一來，即便有人持有鑰匙也沒有辦法開門，一定要從裡面將鎖打開才行。

浴室裡面，女孩哼著歌、洗著澡。

一個身影從後面靠近，女孩沒有注意，繼續洗著自己的身體。那身影靠過來之後，一把從後面將女孩抱住。女孩嚇了一跳之後，回過頭看了一眼，那身影不是別人，正是自己的爸爸，女孩臉上浮現出一抹甜蜜的笑容，然後赤裸著身子轉過身來，與爸爸抱在一起。

人說女兒是爸爸上輩子的情人，但是很顯然，阿欽並不只有上輩子當女兒是情人。

兩人糾纏在一起，草率的洗了澡之後，一起來到了女兒的房間。

阿欽像是對待情人般，與女兒纏綿，在慾火的催動之下，兩人一起享受著這禁忌的歡愉，一直到雙方都筋疲力盡爲止。

完事之後，阿欽站起身來，看了一下時間，差不多該梳洗一下，然後讓一切回歸正常……

「爸比，」女兒全身赤裸的趴在床上，頭埋在雙手之間說：「前幾天在學校……有一個同學跟我告白了。」

女兒說得平淡，然而這句話卻彷彿有道閃電般，劈過了阿欽的腦袋。

9.

從父女倆跨越了那道禁忌的門檻之後，不知道有多少次，在激情過後的那種強烈罪惡感驅動之下，讓阿欽想著一定要終止這樣的關係。

但是，一到了需要下定決心的時候，他總是再度卻步，不想要結束這樣的關係。

「如果你有喜歡的對象，」阿欽總是這麼對女兒說：「不要管爸爸，妳要以妳自己的幸福優先，知道嗎？」

但是如今，當女兒眞的想要轉身去追求幸福的時候，阿欽才知道自己有多可笑，說著一些自己根本不確定自己能不能做到的話。

即便心中有百般的不捨與不願意，但是他也沒有勇氣挽留女兒，要女兒永遠留在自己的身邊。

因爲即便已經在午夜夢迴的時候，認知到自己的行爲，是足以下地獄的恐怖行爲，但是內心卻還是貪戀著女兒這個前世的情人。

這無人可以宣洩的痛苦情緒，只能寄託在酒精上，這天晚上，他一個人開著本來要送給女兒當作驚喜的車子，獨自在城市的酒館裡面買醉。

他規劃很久了，除了這台從朋友那邊買來的二手車之外，他還看上了一棟在山上的房子，在老婆退休之後，那裡可以成爲他們父女倆遠離那女人的吉屋。對於不久之後的未來，他有著滿滿的規劃與期待，想不到卻在女兒的一句話中戛然而止。

回家的路上，腦海裡面都是這些年的回憶，他跟女兒亂倫那麼長的時間，一邊享受著激情，但是一邊也一直在自責。每次激情過後，那恐怖的內疚與自責感，就會宛如潮水般湧來，襲擊自己僅存的良心。好幾次，他甚至崩潰到趴在女兒的懷裡痛哭。因此理智的那一面告訴女兒，不要管爸爸，只要有合適的對象，就可以隨時中斷這層關係。但是如今，當女兒眞的這麼做了，他的內心卻是充滿了痛苦與不捨。

就在快要抵達家裡的時候，這些甜美的回憶幻化成無比的痛苦，不斷打擊著阿欽的心，想到未來有個男人會像自己過去那樣抱著她，那心情就彷彿刀子插入著自己的心般，苦不堪言。

面對這樣的痛苦，他開始痛恨與嘲笑自己，不敢挽回與阻止這一切，明明有那麼多話，還想要好好跟女兒說，卻只敢吞到肚子裡面。

朦朧之中，阿欽彷彿看到了女兒，就在自己的前面，好像正準備給自己第二次機會，讓他好好挽留。心急如焚的他，立刻加快自己的速度，腳用力踩下了油門。

一陣強烈的撞擊與聲響，讓阿欽頓時嚇出一身冷汗，那酒意也隨著這股撞擊力道，瞬間被撞出了體外，整個人也跟著清醒過來。

原本在幾秒鐘之前，還彷彿如夢似幻的畫面，此刻——變成血淋淋的事實，完全沒有半點模糊的空間。

也就是在這一瞬間，他意識到了自己所鑄下的錯。

阿欽徹底嚇到了，還沒有細想，自己已經踩下油門，從事故現場逃走。

剛剛的事故造成了一些車損，導致車子在行進間，會發出一些詭異又不規則的金屬摩擦聲，一路上就彷彿是在嘲笑著阿欽所做的一切。

也不知道開了多久，等到車子停下來的時候，阿欽發現自己已經駕車逃到山上，來到了那間自己剛租下的小套房外。爲了方便女兒停車，所以這間套房底下他也租了一個停車位，他將車子就停在那個角落的停車格中，情緒才真正潰堤。他非常清楚，剛剛朦朧中看到的那個女兒身影，根本不是自己的想像，而是現實生活中正準備過馬路返家的女兒啊！他整個人縮在駕駛座，痛哭哀號，寧靜的山區別墅，只有悔恨的哀號聲，鳴奏在一片孤寂的夜裡。

10.

阿霞聽到了門鈴聲，將大門打開，外面站著的是兩位身穿制服的警員。

他們兩人看起來有點緊張，讓阿霞一時之間有點不太能夠理解。

第一時間看到兩人，阿霞還以爲，經過了幾天的努力之後，警方終於抓到了那個撞死自己女兒的人了，誰知道情況卻完全出乎阿霞的意料之外。

警員請阿霞進屋子裡，確定在客廳坐好之後，才將此行的原因告訴她。

「你的老公，稍早前在一位名叫羅臨偉的家中跳樓自殺了。」

「啊？」

阿霞一臉難以置信，一時之間無法解讀警員口中說出來的話。

愣了一會之後，阿霞疑惑問道：「誰家？」

「羅臨偉，」警員說：「就是妳女兒生前交往的對象。」

「聽都沒聽過！」阿霞揮著手說：「他爲什麼要跑到人家家裡去跳樓？」

「這我們……」警員互看一眼說：「也不知道。」

本來警員想說這我們也想問清楚，但是最後還是臨時改口。

「我們當下緊急送醫，」警員說：「但是仍然……」

「所以，」阿霞愣愣的望著前方說：「他……死了？我老公死了？」

警員抿著嘴，緩緩的點了點頭，然後告知了老公阿欽所在的醫院。

「看妳要不要聯絡一下親友，」警員說：「一起去醫院幫妳老公辦理後事。」

阿霞無力的低下頭，雙手摀著臉，讓人看了多少也有點於心不忍。

不過短短幾個禮拜的時間，原本一家三口人，瞬間就只剩下她一個人了。

這點就連兩個警員也都知道，畢竟阿欽在跳樓之後，整個分局就亂成了一團，因爲當時警員也在場，只是沒想到對方竟然會趁警員一個不注意，直接想不開跳樓自盡。

警方這邊也擔心家屬會提出一堆質疑，因此還特別慎重其事派了兩人前來，就是擔心只用電話通知，會不會又演變成一場更大的風暴與危機。不過阿霞的反應比兩人想像中還堅強，因此兩人互看了一眼之後，也算是鬆了一口氣。

然而人的心終究還是肉做的，在堅強了一會之後，阿霞「哇！」的一聲，趴在桌上痛哭失聲。

兩個警員面面相覷，只能說些請節哀順變之類毫無幫助的話。

最後兩人決定留給阿霞一點可以好好宣洩情緒的空間，請她如果有需要可以隨時打電話到分局讓他們幫忙。

帶著沉重的心情，兩個警員離開阿霞家，還很好心幫在桌上痛哭的阿霞關上了門。

客廳裡，阿霞聽到了大門關上的聲音，緩緩的抬起頭來。

雖然一臉哀痛，嘴巴也還發出那撕心裂肺的哭聲，但是臉上卻沒有半滴淚水……

11.

前年夏天，就讀高三的女孩因爲已經有了大學入學資格，所以跟同學一起相約到處去玩。

他們來到了鬧區，瞎逛瞎鬧了一整個下午，到了傍晚時分，眾人才開始在商圈覓食，想要找個地方可以坐下來休息吃飯。

而就在他們四處覓食，女孩掃視對面那條街上，想要找尋適合的店家時，她看見了一個熟悉的身影，正從旅館走出來。

正當女孩還在狐疑，爲什麼那人會從旅館走出來的時候，下一幕更是讓她看到瞠目結舌、目瞪口呆。只見一個男人接著從旅館走出來，並且一把摟住了女人的腰，那刺青的手臂還不安分的繞到了前面，一把掐了女人的胸部一下。

那輕挑的態度與模樣，如果是在路上遇到的陌生人，女孩說不定很快就會因爲害羞而把目光移開，然而問題就在那個被玩弄胸部的女人，對女孩來說，是個很重要的人——那個女人是自己的媽媽啊！

看到這一幕，女孩眞的傻了，只見媽媽被掐了一下之後，只是笑笑的打了那個男人一下，然後兩人就這樣摟摟抱抱的朝著反方向走去。

這一幕，讓女孩整個人都崩潰了。她不記得那天她是怎麼回到家的，只知道在那天以後，她的人生起了天大的變化。

對於自己所看到的影像，讓女孩徹底打從心裡痛恨媽媽，因爲她沒資格這樣對爸爸。

所以打從看到那噁心的一幕，她就打定主意，絕對要把這件事情告訴爸爸。即便告訴爸爸的代價，很可能就是造成他們家庭破碎，爸媽可能從此離婚，她也在所不惜。因爲她已經長大了，能夠明辨是非，不需要爲了自己讓爸爸受到如此大的委屈。

而且如果爸媽眞的離婚，她已經成年了，就算自己未成年，有選擇權的話，她也絕對會選擇爸爸。

回到家中，她把自己鎖在房間裡面，讓自己心情調適好了之後，才打開房門，準備將這個不堪的情況告訴爸爸。

看著爸爸落寞的身影，女孩心如刀割，除了更加痛恨水性楊花、人盡可夫的媽媽之外，也不忍心疼爸爸的遭遇。

她坐在爸爸的身邊，正準備開口，誰知道爸爸已經先開口了。

「別怕，」阿欽溫柔的說：「不管發生什麼事，爸爸都會支持妳。」

女孩一臉疑惑的看著爸爸。

「可以跟爸爸說，」阿欽說：「什麼事情讓妳這麼難過？一回家就把自己關在房間裡面？」

聽爸爸這麼說，女孩情緒潰堤了，其他人的爸爸，都是爲了工作不顧家，然而這個爸爸，卻從來不曾忽略過她。從小到大，只要自己身體有什麼不舒服，或者心裡受到什麼委屈，爸爸永遠都在旁邊安慰、照顧著自己。即便到了這種時候，爸爸還是擔心著她，渾然不知自己的枕邊人，早已經跟某個刺青男滾床滾到不知道什麼地方了。

女孩越哭越慘，彷彿自己才是那個被人戴綠帽的人。那可憐的模樣，眞的讓阿欽痛心，卻不知道該怎麼辦，只能在女兒身邊，輕輕撫摸著她的頭。

女孩一把抱住了爸爸，然後開始放聲大哭。

結果父女倆抱在一起，看女兒哭得如此悽慘，爸爸也忍不住眼眶泛紅，結果最後竟然變成了父女倆抱在一起哭的情況。

雖然不知道女兒爲什麼這麼難過，不過看女兒這樣痛哭，阿欽當然也心如刀割。

女孩當然知道自己爲什麼這麼難過，但是她不明白爲什麼媽媽會這麼不珍惜，寧可選擇一個全身刺青、看起來就像小混混的人，也不願意好好對待爸爸。

想到這裡，女孩原本堅定要告訴爸爸的那顆心，產生了動搖。她不想要傷害爸爸，即便眞凶是媽媽，但自己卻是目睹以及帶給爸爸心碎消息的人。

她好不甘心，更不捨爸爸。

此刻的她只想安慰爸爸，然後……如果可以的話，她也想傷害媽媽。

加上父女倆的相擁，讓她的腦海一片混亂，在她察覺之前，她就開口了。

「抱我……爸爸。」

這一句話，從小就不知道聽過多少次的阿欽，當然也聽到了。不過此刻似乎有著完全不同的意思，讓阿欽頓時慌了手腳，他想要推開女兒，卻不忍在這個時候加重已經很傷心難過的女兒。與此同時，胸口卻有一個莫名的悸動，以及那種無法壓抑的慾望，正在不斷蔓延。

不行……

這句理性最後的掙扎，變得虛弱無力，只剩下一片空白的腦袋，與最原始的慾望在熊熊燃燒。

燒毀一切理智，放縱一切慾望。

父女兩人就這樣抱著彼此安慰對方的心情，一起推開了那扇禁忌的大門，一扇會被世人永遠唾棄、並且絕對會下地獄的那扇門……

不過，這一切都是媽媽的錯，不是嗎？女孩這麼告訴自己。

12.

警察前腳才剛離開，阿霞臉上那原本哀傷至極的表情，瞬間消失得無影無蹤。

她立刻拿出手機，將這個「天大的好消息」告訴了自己的男人，兩人還約好了今天晚上要好好慶祝一下。

夜幕低垂，男人依照約定的時間抵達，兩人已經維持不倫關係多年，不過這可是第一次直接侵門踏戶，來到女方的家裡面。

即便已經知道這個家原本的主人，以及那個亭亭玉立的女兒，都已經往生了，這個家根本就已經可以成爲兩人的愛巢，但是那種陌生的刺激感，還是刺激著兩人的感官，讓兩人天雷勾動地火，一發不可收拾。

兩人燃燒著慾火，一路從客廳延燒到主臥房，就好像這輩子都沒做過那檔事一樣，不斷在對方肉體尋找著宣洩的出口。

完全將專注力放在對方身上的兩人，完全沒有注意到周遭環境的變化，絲毫沒有發覺有兩道不尋常的目光，正惡狠狠的瞪著在床上享受魚水之歡的兩人。

兩人也不知道翻雲覆雨幾回合，直到雙方都筋疲力盡，這才雙雙癱軟在床上。

阿霞很滿意的躺在男人的胸口，享受著男人爲自己付出之後、用力喘氣而上下起伏的胸膛。

經過了一陣子的休息之後，阿霞站起身來。

「妳要去哪？」男人問。

「看你這麼賣力，」阿霞甜蜜的笑著說：「弄點東西給你補補。」

得到了情人的讚賞，男人得意的挑了挑眉。

男人粗魯帶有些江湖氣息，手臂上的刺青更顯得耀武揚威，與這間主臥房的前主人，有著渾然不同的氣質。

經過了一晚的奮戰，渾身都是臭汗，他打算先洗把臉，讓自己舒爽一下。

站起身來，兩腿感到有點發軟，他看著自己無力的大腿，臉上露出了邪佞的笑。

他恐怕做夢也沒想到，一個徐娘半老的女人，可以把自己搞到雙腿發軟。只是給他投票的話，他恐怕還是會投這個環境一票。就是因爲這樣侵門踏戶，在別人的床上搞，給了他前所未有的刺激感，才會那麼爽。

他抖抖身子，扭扭脖子，然後振奮起自己的精神，朝主臥室內的衛浴間走去。

他吹著口哨，抬頭挺胸，頗有征服了這塊地之後，成爲了新屋主的氣勢。一打開衛浴間的門，一個女孩就站在他面前，他嚇了一跳，什麼氣勢都沒了，整個向後一跌，重重的摔在地板上。

他一陣慌亂的爬起來，朝衛浴間一看，女孩已經從衛浴間出來，站在他的面前。

他看過阿霞女兒的照片，所以一眼就認出女孩的身分，然而問題是他前幾天才透過阿霞傳來的訊息，看到了女孩的靈堂，但是如今女孩卻直挺挺的站在他的面前。

嚇到差點閃尿的男人，想起人家說的，用髒話有時候可以退鬼，這剛好是他的強項，於是立刻大聲罵道：「幹！幹妳娘咧！」

想不到非但沒辦法退鬼，還讓那女孩冷冷的凝視著他回道：「是啊，這就是你該死的原因！」

語畢，女孩撲向男人，男人想抵抗，但是整個人就彷彿撞上了車子一樣，向後飛過了床，直直撞上了牆邊化妝台上的鏡子，力道之大甚至讓他整個人都嵌入了化妝鏡中。

男人當場慘死，同時也發出了巨大的撞擊聲響。聲音傳到了客廳，阿霞如果聽到這樣的聲響，想必一定會衝進房間查看她心愛的小王發生什麼事情了。然而，客廳也沒有半點動靜，只有一雙腿在牆邊的半空中不斷亂踢。客廳角落原本有一排展示櫃，裡面放了一些阿欽準備用來招待親朋好友的名酒，以及一些女孩成長階段得到的獎狀。展示櫃的最上層，原本沒有擺任何東西，現在卻卡著媽媽的頭。那雙死前掙扎的腿，亂踢了一會之後，慢慢的趨於平靜。

阿欽冷冷的站在一旁，凝視著這個一切的源頭。

解決了小王的女孩，靜靜的來到了爸爸身邊，一起仰望著掛在展示櫃的媽媽。

「如果只有她活下來，」阿欽淡淡的說：「也太沒有天理了……」

女孩點了點頭，兩人的身影逐漸淡去，整個房子再度恢復了死寂，而這片死寂估計將會維持好一段時間。

13.

殯儀館斜對面的巷弄內，一間小廟就座落在住宅林立的街道之中。

時間已經來到了夜晚，簡廟公將大門關上，這樣一天也算是結束了。

辦公室裡面，簡廟公的徒弟阿郎正在計算著這個月的開支，因爲疫情的關係，他們多少也受到了一些衝擊，這幾個月的收入幾乎都是入不敷出。

所以算著廟裡面的虧損，讓阿郎越來越不解，看到簡廟公進辦公室，忍不住開口抱怨。

「師父啊，」阿郎哭喪著臉說：「我還是不懂，我們都已經幫他完成了，爲什麼你不收錢啊？」

「啊？」簡廟公一開始還不知道阿郎在說什麼，想了一下才意會過來。

阿郎說的應該就是上個禮拜，在殯儀館做完法事之後，突然跑來希望他可以幫忙冥婚的男子。

簡廟公嘆了口氣，然後緩緩坐在辦公桌後面。

「不是啊，」阿郎見師父沒回應，繼續追問：「我們都做完了耶，你還跑去人家靈堂前面嘆氣，這不收錢眞的是在做慈善嗎？」

聽到阿郎這麼說，簡廟公冷冷的瞪了阿郎一眼。

阿郎這小子什麼都好，就是不會看人家臉色，然後反應比較慢一點。

「如果有那個三萬塊錢，」阿郎哭喪著臉說：「我們這個月至少可以不虧啊。」

看著阿郎那可憐兮兮的模樣，簡廟公知道，其實阿郎也是因爲這段時間，收入比較不佳才會抱怨。

「這個世界啊，一切都有因果報應，」簡廟公對阿郎說：「或許你在做的時候，不是存什麼壞心、做什麼壞事，但是一旦形成了恩怨，就很難保證自己可以安全度過。」

「師父啊，」阿郎攤開手說：「我們只是幫助一對已經生離死別的伴侶重逢，哪來那麼多因果啦？」

「你懂什麼！」簡廟公沉下臉說：「我在經過靈堂的時候，是眞的感覺到……很不對勁。」

「我知道啊，」阿郎似笑非笑的說：「怨氣很重嘛。」

「你是不是皮在癢？」簡廟公瞪著阿郎說：「我在說眞的，你在那邊扯什麼？」

看到師父眞的生氣了，阿郎低下頭。

「我當下就覺得不對，」簡廟公接著說：「所以才不想收他錢。」

「到底有什麼地方不對？」阿郎不解。

「我那時候也說不上來，就只是感覺不對勁，」簡廟公說：「我回來想了一下，我猜啦，那個男的應該是騙我們的，他根本就不是那女孩子的男朋友。唉，眞不知道他到底想要幹嘛。」

聽到師父說的，阿郎似懂非懂的點了點頭。

「不過啊，冥婚或許也是件好事，」簡廟公下了這麼一個結論：「只希望她可以遇到好人家，這樣或許就不會眞的變成怨靈，徘徊人間了。」

那天晚上，師徒倆早早就休息了。

睡到半夜的時候，阿郎醒來去上廁所，結果他一打開廁所的燈，就看到對外的透氣窗，那個女孩的臉就停在那裡看著阿郎。在女孩雙眼的凝視之下，阿郎就好像被人定住了一樣，完全動彈不得。

所幸女孩只是看了一會之後，轉頭離開，與此同時阿郎才終於有辦法自由活動，嚇得他衝到神壇前，躲在桌子底下一整晚。

第二天將這件事情告訴師父，師父只是淡淡的要他不用擔心，畢竟到頭來兩人也沒有收錢，跟女孩雙親說女孩怨氣的事情，也是簡廟公自己真實的感受。如果這樣對方還是要糾纏不清，到時候再說吧。

14.

雜糧行裡，資歷比較久的前輩看著小馬的背影，想起那天一起討論的冥婚，實在忍不住多問幾句。

「那個……」前輩叫住了小馬：「我一直很好奇，我問一下喔，如果你要找你老婆講事情的話，是一定要睡覺，還是可以用擲筊的？」

小馬聽到前輩的問題，愣了一下之後，臉上緩緩浮現出神祕的笑容。

「唬爛的啦！」

聽到小馬這樣說，前輩挑眉一臉狐疑，似乎還沒意會過來。

「你沒看那天他們說話那個樣子，」小馬一臉不悅的說：「一副就是認定我絕對單身的模樣，讓人很不爽，所以才會編這個冥婚的東西來唬爛他們一下。」

「不是，」前輩皺眉頭，完全無法理解這樣的動機：「你可以唬爛說有正常的老婆啊！鬼老婆是哪招啦？」

「嗯？那萬一哪天他們吵著要見我老婆，不就穿幫了？」

「這……」前輩撇過頭，白了小馬一眼：「幹！你也太會掰，說什麼最美好的性體驗，害我都想跟我老婆離婚去討個鬼老婆，機車！」

小馬得意的笑了笑之後，轉身進去倉庫，準備把等等那些攤販會來取的貨，先搬出來準備。

來到了放玉米的袋子前，小馬對了一下單子，單子上面，還寫著玉米攤販的名字。將單子收起來，正準備搬最上面的那一袋玉米時，一隻慘白的手突然搭在了小馬的肩膀上。

「三哥，」以爲是前輩的小馬，頭也沒回的說：「這袋我來就可以了。」

對方也沒有答話，只是抓著小馬的肩膀。

「三哥你要放開，」小馬無奈的說：「我才能把東西扛到肩上啊。」

然而對方還是沒有放手，這讓小馬有點煩躁，但是礙於對方是前輩，小馬不敢造次，只能放棄搬運玉米，轉身面對不知道要幹什麼的前輩。

這一轉身，還沒看到眼前的人是不是前輩，不過一個詭異的情況卻讓小馬愣住，他將視線轉到了那個還搭在自己右肩上的手。

自己背對對方的時候，對方從後面搭著自己的左肩，然後自己轉身……整個身體明明轉了一百八十度，對方卻還是搭在自己的肩膀上？從頭到尾小馬都沒有感覺到對方放手，但是這隻一直搭在自己肩膀上的手，是如何完全不鬆手，還是搭在自己的肩膀上，而且還從左肩換到了右肩？

這到底是怎麼辦到的？

愣愣的看著那隻搭在自己肩膀上的手，小馬一臉疑惑，然後實在想不透的情況，順著那隻慘白的手，慢慢向上看過去……

一張被燒得焦黑、只剩下臉頰有一個掌印的臉孔，就這樣惡狠狠的瞪著自己。

小馬嚇到頭皮發麻，雙腳發軟，整個人向下一墜，但是還沒跌在地板上時，那身影的另外一隻手就在空中直接抓住他的雙頰，就這樣硬生生又把軟倒的小馬給舉了起來。

「冥婚啊？」那焦黑的臉孔張開了嘴說：「我送你去跟你老婆團聚吧！」

那恐怖的身影說完，小馬只覺得那隻抓著自己雙頰的手一緊，視線就彷彿被那隻手給捏滅了一般，遁入一片黑暗之中。

15.

孝良哭了，他做夢也想不到，自己的初戀竟然會就此畫上句點。

明明才剛開始，對方也已經答應自己，給她一點時間，處理好她的狀況……

誰知道一個禮拜之後，就聽到社團的同學，告訴自己她的死訊。

一開始不相信的孝良，用盡各種方式想要找到女孩，但是得到的答案都是足以讓他心碎的結果。

到最後孝良也不得不接受這個殘酷又難以置信的事實，於是孝良也徹底崩潰了。

他一連幾天幾乎過著以淚洗面的日子，向學校請了好幾天的假，但是卻沒什麼幫助。

只要一靜下來，腦海裡面就會浮現女孩的身影，回想起當時跟她告白的景象。

「你為什麼……會喜歡我？」女孩聽到自己告白的時候這麼問道。

對於這種問題，孝良不知道該怎麼回答，對孝良來說，女孩的一顰一笑都讓自己心動不已，個性體貼溫和，替人著想更是讓人喜歡。

「我沒有你想像的那麼好……我有很多你不知道的事情。」女孩臉上突然顯現出落寞的神情。

「我對妳過去如何沒有興趣，」孝良心急的說道：「只要妳現在可以喜歡我，願意跟我在一起就夠了。」

孝良講得誠懇，女孩也有點動搖。

「即便如此，但是我還是很在意，」女孩臉上浮現出快要哭出來的神情：「我沒辦法，這樣跟你在一起。」

聽到這樣的回答，孝良的心情墮入谷底。

「我懂了，」孝良不想爲難對方，搖搖頭哭喪著臉說：「妳可以直說，我可以……」

雖然想要裝作堅強，但是講到後面仍然有點哽咽的聲音，讓孝良連話都沒辦法說完。

「不是這樣的，」看到孝良這模樣，女孩驚慌的搖著手說：「只是……可不可以給我一點時間？」

「當然可以，」孝良苦笑著說：「但是希望不要太久，因爲妳知道，我得要一直懸著一顆心在這裡。」

女孩點了點頭，看著孝良一會之後，突然湊上前，嘴唇就這樣輕輕的靠在孝良的嘴唇上。

女孩的舉動完全出乎孝良的意料之外，頓時愣在原地，等到回過神來的時候，女孩已經退回自己的位置，讓孝良措手不及。

「這樣可以補償一下你的心情嗎？」女孩羞愧的低著頭說。

當時的孝良腦海裡面只浮現一個問題——這算是自己的初吻嗎？

想到當天的景象，讓孝良又忍不住痛哭失聲。

然後伴隨著淚水與哀慟，意識也逐漸模糊了起來。

不知道過了多久，在朦朧之中，他彷彿看到了女孩，從一片昏暗中走過來。

她還是一樣亮麗，見到朝思暮想的她，讓孝良忍不住衝過去一把緊緊將她抱住。

「我好想妳啊！」孝良哀號。

女孩用手輕輕的拍著他的背，安慰著他。

「別那麼難過，」女孩在孝良耳邊輕輕的說：「其實你不知道，我真的……沒你想像的那麼好，我……配不上你。」

「不要！」孝良叫道，雙手更是緊緊的抱住女孩：「不要這麼說！」

女孩也不掙扎，任憑孝良用力摟著自己。

良久之後，孝良慢慢恢復冷靜，向後退了一點，但是雙手仍然緊緊抓著女孩的臂膀，彷彿深怕她會消失或者是跑走一樣。

女孩含情脈脈的看著孝良，緩緩的開口說道：「我今天是來告別的。」

一聽到女孩這麼說，孝良又再度激動的將她擁入懷中。

女孩沒有抵抗，淡淡的在激動的孝良耳邊說：「如果你還能夠接受我，我願意永遠在你身邊，如果你不能，那今天分開之後，將永遠不會再見面。」

孝良幾乎不假思索，激動的叫道：「我要！我要！我不要妳離開！」

話才剛說完，孝良眼前突然一亮，一個熟悉的景象映入眼簾。

愣愣的看著眼前的天花板，過了一會孝良才了解，剛剛原來只是一場夢，自己正躺在租屋處的床上。

這麼說來剛剛的一切，真的只是一場夢？

就在孝良這麼懷疑的時候，他感覺到自己的手上握著一個東西。

他坐起身來，將手舉到胸前，緩緩將手打開，手掌中是一個小小的紅包袋。

孝良一臉疑惑的看著手上的紅包袋，將紅包袋打開，裡面是一張小紙條。

將紙條拿出來，上面寫著女孩的名字，以及女孩的生辰八字。

看著紙條愣了一會，孝良回想起剛剛的情況，這才意識到這一切代表著什麼意思。

與此同時，一個熟悉又輕飄飄的聲音，在孝良的耳邊說道：「老公，別讓我傷心喔，不然……我做鬼也不會放過你的。」

第四篇

撿紅包

笭菁

1.

佑澤宮。

中年男子推了推鼻梁上的粗框眼鏡，頂著一頭捲毛亂髮，身上套件同款的宮廟上衣，輕絞著雙手，凝視著桌上的一方紙條。

紙條上是潦草的字跡，書寫著某人的生辰八字。

「這不好辦……」男人搖著頭，搔了搔一頭亂髮。

「但是能辦的對吧？」坐在對面的男人沉著聲問，他拿起杯子喝了口茶，端著杯子的短指甲縫裡全是髒汙。

「這個……我不好做，不好……」

中年男子才在說著，對面的客人立刻朝桌上擱了把刀，他放得極為輕巧，像是在置放一件寶貝似的。

那刀被擦得晶亮，還打磨上油，銀光閃閃，但再閃亮，也遮不去上頭層層纏繞的強大戾氣。

中年男子用力嚥了口口水，絞著的雙手跟著一緊。

「小子！」他朝裡間喊了，「拿紅包袋來。」

「啊————」

我用力伸懶腰，張大嘴啊了連續長音，伸懶腰就是要這樣才爽，我昨天睡了足足十小時，眞的太爽了。

睡在下鋪的我抓了件衣服穿上，鑽出床鋪時順勢往上鋪一戳，「起床了沒，唐玄霖？」

嗯，我的手撲了個空，抓著上鋪欄杆這才瞧了仔細，上鋪早整理乾淨，人不在了！

「媽！唐玄霖咧？」

我們房間對面就是廚房，老媽正在廚房裡忙著，邊洗菜邊嚷著，「他去打工啊，哪像妳睡到日上三竿！」

啊！對厚！瞧我這腦子睡迷糊了，老弟又去打工了啊！「拜託，我需要休養好嗎！上次那間燒烤店都快把我折磨得死去活來了，我沒他那麼努力！」

我承認我懶我廢，誰都別跟我辯，我先去梳洗。

才從慣老闆的燒烤店那邊結束打工沒多久，我在那間燒烤店遇到了很麻煩的事，嚴格說起來是同事遇到不乾淨的東西；店附近有個路口過去發生太多車禍，那兒的好兄弟爭著抓交替，加上慣老闆喜歡拍肩滅人三把火，搞得同事們死的死傷的傷，連我都被牽連進去。

我對著鏡子抹了把臉，輕輕壓著身體，身體現在脆弱得好像這麼一壓，就會發疼似的，每次讓那傢伙出來，都像撕開我五臟六腑似的，我都得躺個幾天幾夜才會清醒。

是啊，凡人身體裡封了隻惡魔，是能好到哪裡去。

梳洗完後走出廁所，經過客廳的神桌時，我沒忘記燃香拜拜，請列祖列宗保佑我們全家平安無事，我身體裡的那怪物就免了！如果可以順便把這傢伙請走，那我眞的大擺流水席謝天謝地謝祖宗。

我極爲虔誠的拜了拜，一睜眼，卻發現香熄了。

我沒好氣的看著熄掉的香，再越過香往後方的神龕上瞧去，「我謝謝你喔，連做個樣子騙騙我都不肯嗎？」

嘆息後重新點上，我再拜一次，但不強祖宗所難，我就不求把惡魔趕走這件事了！果然人貴在知足，我不求除魔，香就燃得好好的，客客氣氣的讓我插上。

沒用。這兩個字我硬是憋在心裡沒敢說出來。

「唐恩羽啊！把早餐吃一吃，去幫我買東西！」老媽在廚房裡喊著，「順便帶個便當給唐玄霖！」

我才門口緊急煞車，老媽已經在廚房開始指揮了。

「便當？」我不可思議的回頭，「啊是媽寶養成計畫膩？」

我一邊走進廚房，一邊用手當筷子，夾起一塊花枝送進嘴中——來不及嚼，老媽啪的手就打了過來。

「龜笑鱉無尾啦！他就在附近打工而已，吃便當省錢！」老媽唸著，把保鮮盒塞到我手裡。

我帶著便當盒走出來，沒有錯過一餐桌的菜，家裡現在滿滿食材，因爲過年將至，又是個大魚大肉的年節啦！

不過呢，我們家比較沒有太多年節的氣氛，因爲老媽沒娘家，老爸也沒家，我們一直以來都是四口之家，這也是老弟會去打工的原因，沒事幹，去賺個雙倍薪水多爽是不是？

換好衣服，我跑到客廳吃早餐，茶几上擺滿高蛋白食物、雞蛋跟蔬菜……是啊，我也是媽寶之一吧！老媽嘴巴很硬，但是這些天每天都做高營養的東西給我吃，就是爲了讓我補補吧！幾次昏倒後連睡幾天讓老媽很擔心，她不懂爲什麼以前身體一級棒的我，現在會動輒暈倒昏迷。

其實我的身體素質一直沒變，只是多了一個不該存在的住客，但我什麼都不能說……我捧著有著媽媽愛心的牛奶，回頭看著在廚房裡忙碌的身影，我沒有辦法對著老媽說：老媽，我體內只是有隻惡魔啦！

我會先被老媽打死的。

迅速吃完，打開家族群組LINE，清單已經在上面了，我滑步到廚房門前，「就上面這些嗎？」

「對，妳負責超市，妳爸負責傳統市場了。」

「買這麼多吃得完嗎？吃簡單點吧？」我看著清單，天曉得老爸負責的那邊有多少？

老媽沒吭聲，不過斜眼往門口一睨，是！女兒的錯，我啥都不再多問，乖乖買回來，使命必達就是。

第一要務是送便當，老弟在附近的連鎖服飾店打工，便當送到時，他不但沒有一丁點感激之情，還用一種見到洪水猛獸的眼神看向我，接著把我這隻猛獸拖出店外。

「你的感謝會不會太激烈了點？」

「妳幹嘛來啊？還帶便當！」老弟拿著便當，一臉尷尬。

「你以爲我願意喔？我是那種人嗎？」哎呀，老弟眞的太不識好人心了。

老弟嘆了口氣，「老媽？」

「有本事你自己回去跟她說！兩國交戰，不殺使臣啊！」我拍拍他，好自爲之。

「使臣咧，會不會用成語……啊妳要去哪？」他很快注意到我揹了大號購物袋，「老媽要妳去買東西？妳身體好了嗎？是要買多少？太重怎麼辦？我剛好休息我陪妳去好了！」

老弟一連串連珠炮似的唸完，我張著嘴都來不及吭一個字，他就已經拉著我往超市方向走。

男友力MAX耶！

這句話我沒敢說，因爲之前他曾經有個喜歡的女生，不過那段戀情還沒開花，自然也沒有結果。

「你老姐沒那麼脆弱，我好歹以前是格鬥界的人好嗎！我就是被那傢伙搞的，但現在休息夠了！」我嘴上這麼說，但沒有趕老弟回去。

「我覺得易偉的事還是要好好解決，他每出來一次，妳就快死了一樣。」老弟嚴肅的看著我。

我瞬間扳起臉，「那、個，不是易偉。」

易偉，是我的男友……已故男友，他被惡魔奪走了身體，而我再將那位惡魔封進我的身體裡，所以醜惡的惡魔老愛化成易偉的模樣。

老弟無奈，懶得跟我糾結這種小事。

我們打算穿街走巷的前往附近的超市，巷弄清幽好走，懶得走大路要跟車子爭道，這樣走多寫意；後頭傳來腳踏車叮叮的聲音，老弟第一時間將我拉到身邊，往裡側裡推。

老弟其實真的是個不錯的男孩子，扣掉嘴賤外，其他都挺好的。

腳踏車從我們左側騎過，車上載了許多東西，看來也是過年大採買的一員。

「咦？妳有車啊，為什麼不騎……」老弟困惑的轉過來問到一半，旋即噤聲。

「你要把菜掛在我的重機上嗎？」我給了一記惡狠狠的白眼。

我牽了一台帥氣十足的橘黑重機，那是拿來馳騁的，手把上掛著菜能看嗎？嘎？開什麼玩笑啊！

「說得也是！幹嘛不買台普通的……咦？」老弟才在說，結果剛剛那位腳踏車先生的車上就掉出東西啦！

有袋東西袋口沒綁好，裡頭的東西啪啪的往下掉……該說是往下飛比較實際！

老弟轉身把便當塞到我手裡，立刻就往前跑過去幫忙撿了，「妳別動啊！」

「喂，前面騎腳踏車的，你等等！」我扯開嗓子喊住了對方。

軋——腳踏車發出了刺耳的煞車聲，對方在巷子另一頭趕緊停下，我小跑步跟在老弟身後，看著他飛快且俐落撿起一地雜物，有春聯、有窗花裝飾品、有紅包袋，過年應景用的東西全在地上了。

老弟纖長的手指夾起最後一封差點飛走的紅包袋，總算都撿到了。
腳踏車上的男人回過了頭，他沒有立起腳踏車，而是雙手扶穩，回首望著我們。

「你袋口沒綁好！」老弟跑了過去，指著他擱在後面的其中一個袋子。
男人戴著鴨舌帽，帽簷非常的低，我這麼遠完全看不清他的模樣，他看著跑到他面前的老弟，詭異得一個字沒說，奇怪的靜默在漫延。

「謝謝！」幾秒後，他露出一口白牙，燦爛的微笑，「眞的太謝謝你了！」
「不客氣，還是綁緊吧！」老弟捧著一堆東西，試圖放回他袋子裡。
男人忙不迭的打開袋口，讓老弟把東西往裡頭放；我也走近他們，看著男人突然收緊袋口，抽了走。

「咦？」老弟手裡還握著那疊紅包袋跟窗花，「這裡還有。」
「送你！謝謝你……們幫我撿東西。」他說那個們時，轉過來看了我一眼。
「不必啦！這種事舉手之勞的！」老弟連忙拒絕。
「不不，你幫了大忙了，我也只能回一包小紅包跟窗花而已！」男人再度燦笑，把袋子往前頭籃子放去，「謝謝你們！」

他跨上腳踏車，單腳滑著地板，就這麼跨上去騎走了！要左拐時，還騰出右手揮了揮。

老弟默默看著手裡的東西，皺著眉看向我，「也就撿個東西。」

「反正他也沒說錯，就是個小東西，剛好我們省得買紅包袋。」我看著那封全新的紅包袋，指指我的購物袋，「放我這兒。」

老弟把紅包袋放入我袋中，留下一個福字的窗花仔細端詳，那彷彿是靜電貼，回家後把玻璃門擦乾淨噴點水，就能把這個貼上去了呢！

我們邊聊邊往超市的方向走，雖然我心裡有股說不上來的不舒服，但當下的我也說不出個所以然。

當我想起來時，爲時已晚。

將垃圾袋打了死結，我提起來掂了掂，這重量對我而言沒問題的，今天大掃除一整天，清過多少包了，剩下這最後一包輕得很。

「唐恩羽啊，這個順便幫爸爸丟。」老爸拿出一個木盒，「回收啊！」

「好……這不要了喔？」我接過那盒子，那是老爸平常擺雜物的。

「不必了，妳媽買了個新的給我。」瞧老爸一臉得意幸福樣，老媽買給他的，就是什麼都好！

「好啦好啦！少放閃！」我翻了個白眼，轉身要去倒垃圾。

老弟也差不多該回來了，說不定能在樓下遇到他。

只是我才握住門把，腳下卻一滑，明顯的沙沙聲自鞋底傳來，我人是沒滑倒，但鞋底眞的全都是……沙子。

我低頭一看，門邊居然全是沙土？搞什麼啊！玄關是我負責的耶！我今天又掃又擦又洗鞋的，可是乾乾淨淨，務求一塵不染，哪裡來的這麼多沙子？

「老爸！你下午出去運動時是不是又去挖人家土了？」我氣呼呼的立刻轉頭找老爸問。

「嗄？」老爸已經坐到沙發上，進入電視模式了，一臉呆呆的看著我，「什麼土？沒、沒有啊！」

「那這裡怎麼全都是土啦！」我家玄關地板是米色的地磚，現在可是連米色都瞧不見了，「厚唷！這有得掃了！」

「我沒有喔！」老爸摘下眼鏡，趕緊起身過來看，「我就只有下樓去走走，是我踩到什麼嗎？」

「踩到什麼也不會這麼多土！」我指著玄關，想到今天的辛苦就一肚子火，「厚！我等等再回來擦！」

「眞不是我！眞的不是我！」老爸急忙的否認，還趕緊回頭看向走來的老媽，「我今天完全沒帶東西回來的！」

「系安怎？」老媽從廚房走來，臉色爲疲累而呈現極度的不耐煩，「哎唷——」

「就不是我！」老爸焦急的自清。

但家裡後來出門的就只有我跟老爸啊，我不可能去帶一堆土回來，不然還有誰？我氣呼呼的決定先去倒垃圾，在電梯裡雙手抱胸還一肚子氣的我，卻很快想到不太對。

老爸就算帶土回來也是爲了種花換盆，啊他灑在地上幹嘛？而且明知道今天大掃除還灑在地上，這分明討罵啊！

全家最俊傑的就屬老爸，他這樣做也不太像平時的他啊。

走到中庭時，不知道是否是寒流的緣故，我突然起了股惡寒……腦海裡莫名其妙浮現今天那個腳踏車男人燦爛的笑意，我這時才意會到，我中午為什麼老覺得哪兒怪怪的？就是因為他那個笑！

一般我們東西掉了，有人幫我們撿的話，都是自己好歹會主動上前吧，不會腳踏車連立柱都不立，就杵在那兒等別人撿；而且我們還會不好意思的頻頻道謝，誰會咧嘴燦笑？

對，他真的是過分燦爛的笑！

「笑屁啊！一臉他中獎的樣子！」我碎碎唸著，拎著垃圾往垃圾場去。

越想越奇怪，那個人滿地東西亂飛也不見慌亂，這就是她中午覺得不太爽的原因，嗯。

又一陣冷風颳來，我直覺打了個哆嗦，走到垃圾場去要丟垃圾前，見著了從社區大門外回家的老弟！

「嘿！」我伸長手揮舞著，看看，你老姐特地來接你回──「往右邊跑──」

老弟的身後一片漆黑，我原本以為是黑夜，但當那片黑遮去了警衛室的燈光時，我才發現那是個龐然大物，如巨人般的東西跟在老弟身後，甚至逼近的要撲上來！

老弟不假思索的立刻朝右邊跳撲而去，我則筆直衝向了那黑影，將手中的盒子直接往黑影扔去……當然沒有用啊，但我下樓倒個垃圾，哪會帶什麼武器啊！

「滾開！」我大喝著，這會兒連垃圾袋都拋出去了！

剎——幾乎就在我逼近的瞬間，那東西像煙一樣迅速消散，被擋住的燈光突然亮了起來，然後我聽見了下雨的聲音。

嘩……沙沙沙。

大片的沙落上了地面，我看著眼前覆滿地面的沙子，想起了玄關裡的那片沙。

老弟已成蹲踞姿勢，他一臉茫然但嚴肅的望著我，我沒時間觀察他，往前看著滿地的沙子，剛剛那黑影不是消失，是落了地，「那個」是沙子？

「那個……唐小姐？」

正前方傳來疑惑的聲音，我如驚弓之鳥的一抬頭，瞧見的是抱著我家垃圾的警衛。

「啊對不起對不起！」我趕緊衝過去，「我打到你了嗎？」

「也沒有，它就正巧落在我懷裡。」警衛乾笑著，另一手舉起木盒，「這個才是打到我的……」

天哪！尷尬死了！我雙手合十高舉過頭，再三道歉！

「沒那麼嚴重啦，我只是聽見有人大喊才跑出來，就剛好……」警衛把東西還給我，老弟也走了過來，「所以發生什麼事了？」

發生……什麼事？我愣住了，我能實說嗎？

「我們在玩，我老姐接我下班，我們平常有點中二，我就是爲了閃她丟來的東西，沒想到打到你。」老弟自然的接話，我再次爲他的反應瞠目結舌，「不好意思，下次我們會注意。」

警衛倒是笑了笑，「你們感情眞好！」

這我倒不否認，只是我還眞笑不出來，硬擠的笑容鐵定很醜。

老弟接過我手裡的木盒，我們一起走向了垃圾場，他沒問，我沒答，這種靜默才是令人窒息的。

「我去丟。」老弟往前走，主動接過我的垃圾袋就往裡走去。

垃圾區在角落，平時不覺得怎樣，但現在這夜深人靜之時，我竟覺得添了幾分不祥。

啪——嘰——當牆上的燈閃跳的瞬間，我即刻衝上前去。

老弟才準備打開垃圾箱，垃圾箱上蓋突地從裡自動打開，倏地竄出了一團黑影，二話不說就纏上了老弟！

「哇啊！」老弟忍不住驚叫，他試圖抽回手，卻只是更加被往垃圾箱裡拖去！

「走開！」我衝到老弟身邊，扳住他的肩，拿身上的護身符朝裡甩，「別纏著我們！」

護身符才甩出去，黑影就散開，然後又是嘩啦啦的雨聲，這次我連手上都有被小石子打到的感覺，眨眼間垃圾箱裡、我們身邊的地上，又全是沙子了。

「馬的！」我搶過垃圾全給扔進垃圾箱裡，拽過老弟一路就衝回家。

我們眞的是用跑的，跑到連回家時都沒空回老爸老媽一句話，直接說我們有事要談，然後把老弟推進房間裡面，砰的甩上房門！

「吵架了。」我隱約還聽見老爸摩斯這樣推測。

我背靠著門，老弟茫然的站在我們的雙層床邊，緩緩把包包取下來。

「別瞪我啊，我不知道發生什麼事了！」老弟看著自己的右手，「剛剛在垃圾箱的那團是什麼玩意兒？跟門口的都一樣嗎？」

「那東西是衝你來的吧？跟在你後面，又在垃圾箱等你！」我只能這樣想，「我一去那東西就跑了！」

「說不定是怕妳。」老弟中肯的說，「我沒瞎，玄關那些沙子是怎麼來的？」

我倒抽一口氣，對啊，玄關的沙。

「沙子沙子……這是在演電影嗎？有沙人？為什麼會有那種東西？」我開始抱著頭，「都要過年了，我們平平安安，也沒發生什麼事……你是不是在打工那邊幹了什麼？」

「我們兩個之間，比較容易幹蠢事的是妳吧，唐恩羽！」

老弟走到桌邊拿起水就灌，我無力靠在門邊，老實說，我只想好好過個年，我完全想不到為什麼會突然發生這種事，早上不是還好好的嗎！早……早上……

幾乎在同時，我是跟老弟四目相交的。

「助人為快樂之本，不會有這麼扯的事。」老弟搖著頭，「就幫人撿個東西！」

「但他笑得我頭皮發麻！誰會這樣燦笑啊？應該要像我們剛剛對警衛大哥一樣好嗎！」我越想越不對，轉身打開門往外衝出去。

今天被致贈的窗花貼在了玄關的玻璃門旁，我直接把窗花撕了下來，腦子一片嗡嗡響著！我不管是不是錯覺，反正不該留的東西都不要留！

「幹嘛？」老媽皺著眉，「你們又惹什麼事了？」

「沒有……沒有！」老弟連忙出來圓場，「我們就一點小爭執……」

老媽睨了老弟一眼，從鼻子哼了氣：「哼。」

我把窗花撕碎，都要扔進垃圾桶了，突然被老媽叫住，「拿來！」

「我覺得這很醜，老弟買的太不好看了！」我自己都不知道在講什麼，老媽過來把我手裡的紙團全扒拉走。

她什麼都沒說，只是不耐煩的嘆口氣，接著把那紙團拿到佛堂前燒了。

「要過年了，你們兩個給我安分一點。」老媽這麼說著，又燃了香朝佛堂拜了拜。

這點我跟老弟不敢馬虎，也跟著拜了拜，虔誠的希望一切平安順利。

不知道是不是錯覺，拜完後我的心情舒緩許多，老弟也覺得不那麼緊繃了，所以我讓他去洗澡，我則去把玄關那堆沙子掃乾淨，看著畚箕裡的沙子，說不怕是騙肖仔，我總覺得……又沾上什麼事了。

「厚唷！」我狂搓著頭髮，內心一萬隻草泥馬奔騰啊！

到底爲什麼一再的遇到這種奇怪的事？老弟不說我也知道，我們好像越來越能看到好兄弟姐妹叔伯阿姨阿公阿嬤了，黑影越來越多，最可怕的是他們似乎也能感覺到我們，也朝我們靠近似的，不知道能怎麼甩掉。

我把畚箕放到神桌上，拜了拜，希望各路神佛祖先保佑，把這些沙子處理一下，再拿去倒掉；我拿著抹布要去擦神桌時，老媽已經在擦了，她默默的瞥了我一眼，什麼都沒說。

我輕聲說了謝謝，就跑到浴室門口，才要敲門，卻發現老弟門根本沒掩上，「活著嗎？」

「活著。」老弟回應，「妳也太慢來。」

「有事要說啊？」我就倚在牆邊，「我就在這裡。」

客廳老爸正在看過年特別節目，笑得樂呵呵，跟我們這裡形成強烈的對比，我實在喜歡老爸的天眞。

老弟戰鬥澡洗完就待在客廳裡直到我也洗好，遇到衰小事情時就是別落單，落單就很像掛個ＬＥＤ牌子在身上，顯示「拜託幹掉我」的概念；我們泡了兩杯熱飲就窩回房間，我確認了門窗的護身符都好好的後……還是不能安心。

我倆都坐在下鋪裡的狹小空間，老弟保證他一整天乖乖上班，什麼都沒碰沒招惹，絕對不是他的問題——最好是，那黑影是衝著他去的好嗎！

「要不問問……」老弟用下巴指了指我，視線卻是在我胸部的位置。

「問他幹嘛！那是惡魔，又不是算命的！」我隨手一拳就往自己胸口敲去，「他可巴不得找到我脆弱的時候，好趁虛而入咧。」

「妳？脆弱的時候？」老弟由衷的嘆口氣，「我覺得這惡魔命數也不是很好——喂！」

他話沒說完，我一腳就踹向他的臉，把他死死踩在牆邊。

「要不是這樣的我，我這身體早就被惡魔占了好嗎！輪得到你在這邊五四三！」哼！我乾乾淨淨的腳掌揉著他的臉頰。

「我姐英武！」老弟無力的投降。

我這才收腳，實在心煩意亂，但現在好像也無事發生，我踹他下床，趕他上去睡覺。

「妳眞要睡了？才十一點。」老弟爬上上鋪時還很狐疑。

「過年啊，就是要當豬啊！吃飽睡，睡飽吃——」我負責關燈，「多好啊，我要好好睡七天。」

「嗯，晚安。」

「晚安。」

沙……沙沙……

耳邊隱約傳來了沙沙聲，像極了白噪音，但我不是需要這種聲音才能入睡的人，所以白噪音會變成眞噪音……欸！我人是眞的要醒了，感覺到臉頰有些微刺感，我翻身想把自己埋進被子裡，卻覺得到處都有障礙！

「……老……老姐……」細微但擠出來的聲音來自上鋪，我睜開眼呆然的望著床邊的牆，感受著有什麼東西從上方嘩啦啦的落在我手背上。

沙子。

咦！我彈坐起身，這才感受到我四周簡直下起了沙雨，一道一道細細的沙子雨從天而下，往頭上、肩上、兩旁，甚至身體上都是……問題是這天降沙雨是從我上方落下的——我抬起頭，發現沙子是從上舖落下來的！

「唐玄霖！」我動作比嘴還快，腳不踩地的直接到床尾，抓住樓梯就往上翻，卻看見老弟身上坐著一個女孩！

身形婀娜，長髮飄飄，但就算是女友，也不會雙手朝著男友頸子掐吧！

「滾！」我一拳自後背擊向女孩，我兩手都有佛珠，絕對有效！

這一拳下去，我竟能打穿女孩的身體，接著女孩在我眼前崩落，真的是一秒散開，接著又是沙土落下的聲音。

老弟趕緊翻身往枕邊的開關按下，桌上的小燈立即亮起，站在鐵梯上的我，清楚的看見就坐在老弟書桌上的女孩。

女孩歪著頭，又長又亂的頭髮蓋住臉什麼都看不清，但是渾身都像是泥做的一般黑，她身後都像漏水似的，只是漏的是沙，而她身後的牆壁還有顆頭正努力的鑽出來似的，一隻手都已經竄出了牆。

『他在哪……』沙啞的聲音問著。

老弟的書桌就在門邊，這表示貼在門上的平安符一點用都沒有。

我跳下地面，拿掛在身上的護身符朝那兒揮去，再度像擊碎沙雕一樣，女孩像是嚇著似的閃躲，然後又崩落一堆沙土。

「這三小？」

既然我都到門邊了，當然是打開房間的燈，看著書桌上跟地上一大堆沙子，再往上鋪看著老弟身上、被子、床榻上全是一片狼藉！老弟正搗著頸子，看上去很痛苦的模樣，拼命的咳嗽。

「是針對你耶，不是我們！唐玄霖！」我皺起眉，「你是不是還有什麼事沒交代？」

「沒有啊……」連他的聲音都啞了。

「窗花丟了，還有什麼……」我愣了住，同時與老弟四目相交，「紅包？」

老弟立即指向書桌，「抽屜……咳咳咳！說要拿來包給老爸老媽的！」

我立即拉開他書桌抽屜，果然最上面就是那個用透明塑膠袋包好的、一整封嶄新紅包。我當然知道撿紅包的民俗傳說，就是冥婚嘛，路上看到紅包不要撿，不然會立刻有人跑出來說恭喜你即將當新郎了。

可是，這就是一包全新的紅包袋，還是十入一包的那種，並不是老弟隨便撿的，還是從人家袋子裡掉出來的東西，不過是幫忙拾起。

「別告訴我幫人撿掉出來的東西也有事。」我掂著那紅包袋，感覺不出什麼異狀。

「打開！」老弟小心撥開整床的沙子，跳了下來。

我深呼吸，說不出的不爽，粗暴的拆開那整包紅包袋，裡面就是全新的紅包袋啊！新到不小心的話，搞不好還會被割到咧……在某個瞬間，我的指間感受到些許不同的觸感。

「嗯？」我再摸了一次，好像……我拿起每一個紅包袋朝燈照，「幹！」有一封裡面有東西。

老弟嚴肅的擰眉抽過我指頭捏著的紅包，抽出了裡面的紙張。

一張很薄的符紙，上面畫著我們看不懂的東西，但我們根本不需要懂，光在這裡藏著這玩意兒，就不可能有好事。

老弟緊皺起眉，用力捏爛那張紙，「馬的！」

「冥婚裡好歹會有指甲、頭髮或八字，這絕對不是。」我忍不住暗暗握拳，

「你還記得……之前燒烤店附近，那個什麼宮的師父嗎？」

「替人過霉運的那個？當初他施術將一切僞裝成一個彩劵的紅包袋，誰撿到就獲得了霉運。」老弟聰明記憶力又好，他當然不會忘記，「但這個太惡質了！我不是因爲貪念去撿紅包，我是助人！結果天曉得裡面藏著這個——得找出那個人是誰！」

「那只能調監視器，我覺得不好找！沒出事警方不會幫我們的！」我一拳往牆上搥去，「這眞的太混帳了！該不會他過了什麼霉運到你身上，値得他笑得這麼燦爛？」

他過的是索命的亡者啊，我正眼看向老弟的頸子，扣著他下巴往上抬，他的頸子全是勒痕。

「很凶，而且目標很明確，恨意與殺氣都是眞的，我還有先夢到她們，接著才驚醒的。」老弟又撫了撫頸子，身上的沙子還沒掉完。

「她、們？」這是複數啊，我下意識轉頭，看著我正貼著的牆，剛剛的確有一隻手從牆外往裡鑽。

「沒數清，但不只一、兩個就是了，都在慘叫。」老弟搖著頭，「我絕對攤上大事了。」

「快睡，明天去那個宮一趟，那位師父一定可以告訴我們那玩意兒是什麼……」我朝他伸手要那張符紙，別眞的把那張紙給揉掉了。

老弟勉強的攤開手，把揉爛的符紙塞進紅包袋裡，既然霉運不是過給我的，所以我決定我保管這紅包，把我身上的佛珠、八卦跟護身符都一道塞進去，就放在我枕頭下。

我們把沙先撥到地上，因爲怕吵醒爸媽，再拿條被子蓋上去就睡，打算明天再出動掃地機器人就好了。我眞的會謝……要每晚都這樣搞，能撐得了幾天？

「開著燈吧，姐。」

我正要關燈的手縮了回來，是，開著燈吧，我索性把書桌燈也開了，燈火通明，就希望能有個安穩的覺。

希望。

意識到不能呼吸時，我感受到有東西緊緊勒住我的頸子，我雙手拼命往頸子部位抓去，觸碰到的是又硬又粗的繩子，就是一根很粗壯的麻繩，套住我的脖子，施力點在後方，有人用力的勒住我，麻繩正壓迫著我的氣管。

好痛！天哪……這難受的感覺讓人抓狂，我想制止根本沒有辦法，而想扯下麻繩的手上居然滿佈眼狀的傷口，全身都痛！但此時此刻無法呼吸是最難受的，我眞的快——瞬間，我感受到我的氣管被壓碎了。

那是種難以形容的感覺，幾乎是在一秒內，我知道我死了，但我的大腦仍在運作，滿腦子想的是求救與恐懼，眼前已是黑暗，但頸間的力量並沒有鬆開。

「這麼快就死了，也太沒意思了。」

最後聽見的，是帶有責備的聲音，彷彿在怪我死得太快了？

這是什麼變態啊！有本事我們來換換看！換我來計時，看你這混帳撐多久會掛掉……

砰砰砰！急促且用力的拍門聲傳來，我是一秒嚇得跳開眼皮、甚至坐起來了！

「起床了！都給我換了衣服才可以離開房間！」老媽的聲音就在門口，她開了一條門縫喊著，「裡面我來清！」

我嚇得回頭看向房門的方向，老媽撂下話就走了，這比惡夢還可怕，一時之間我差點都要忘記剛剛夢什麼了。

「老姐，媽說她來清沙子。」老弟跟著推開門，卡在門邊，我留意到他繫了圍巾。

果然是個不想讓老媽擔心的好孩子。

「……」我腦袋還在重開機咧，緩緩掀開被子，看著拖鞋下的沙子，果然一切都是那麼眞實，「你跟老媽說了？」

「她問的，昨晚的事她好像都聽見了。」老弟一臉無奈，「眞的不要想瞞過媽媽。」

呼──我略鬆口氣，抓過厚外套套上，大冬天怪冷的，「你說了多少？來套一下。」

「實話實說，我就說了不要想騙老媽，等等還得再找十個謊去塡！實話照說，信多少老媽自己決定。」老弟講得還眞乾脆，我可是瞠目結舌。

「你說了昨晚的事？有厲鬼進家門？」

「沒啦，我說我昨天中午幫人家撿東西，裡面有一包全新的紅包袋，對方後來送給我，誰曉得裡面有藏不乾淨的東西，所～以，那些沙子可能是不乾淨的好兄弟帶進來的。」老弟朝我擠眉弄眼，意思是說，大部分的實情可以說，但我們受攻擊的事就先保留吧。

「瞭！」

我趕緊起床，換好乾淨的衣服就往客廳去，老媽像是在外面等很久一樣，我一出房間她就帶著抹布進去要幫我們處理床鋪了；餐桌上豐盛的早餐已經準備好了，照樣是營養系早餐，老媽爲了我們的身體非常用心，所以暫時不能讓她知道老弟受攻擊的事，否則……嗯，也不一定能做什麼，但媽媽爲了保護孩子，總是什麼事都幹得出來的。

事情要速戰速決，吃完早餐、拿好東西，房間交給老媽跟掃地機器人，我跟老弟就出發去找之前認識的師父了。

「你們兩個！」臨出門前，老媽衝出來喊著，「給我平安回來！」

「好！」我們兩個回得迅速有力，其實越是這樣，代表越是心虛。

之前我們一起在燒烤店打工時，因爲有同事撿到了假彩券導致出了事故，搞半天那假彩券就是有人用術法，幫人過霉運，誰撿到誰倒楣！結果我同事倒楣，加上被慣老闆滅了頭肩上的三把火，所以眞的出了意外，還是在我跟老弟前面被車子碾過，我還記得血濺全身的觸感……噁！

但那個師父我印象深刻，因爲他的態度理所當然耶，他認爲收錢替人施術沒有錯，他也沒害人啊，就只是把霉運擱在一個彩券紅包裡，扔在地上，「只要心中沒貪念，就不會撿起紅包」對吧？

我對你個鬼！

而現在，大過年的，紅包最多的時候，老弟是幫人撿掉落的東西，撿的還是一疊「看起來」未開封的紅包袋，這跟貪念有幾門子關係？憑什麼把霉運過給他？

就算不是那個師父幹的，我們也想去問問這是什麼方法？能怎麼破？雖然我心裡覺得八九不離十：就、是、他。

「不不不不行——」小胖子白淨粉嫩的胖臉頰都被凍成粉紅色了，雙手努力的抵著我，「師父說，過年不見客。」

「我們很遠就看到他在宮裡宮外忙得很，這麼多人來拜拜問事，最好他不做生意。」老弟看著根本來不及拉下的鐵捲門，「要不是你年紀小來不及拉鐵捲門，只怕現在鐵捲門都拉下來了對吧？」

我們一出現在巷口，就看到師父前一秒還面帶笑容跟香客微笑行禮，後一秒跟逃命似的衝進屋裡，小胖子慌亂的想找鐵勾把鐵捲門拉下來，但手忙腳亂加上小朋友太矮，根本做不到。

「賺這麼多，換個電動的吧？這種手拉的鐵捲門都可以當古董了。」我直接往裡走，小胖子哪是我的對手，「師父，看見你了，滾出來！」

「老姐，過年！禮貌。」老弟低聲勸說，跟著進入屋裡，「對不起，師父，新年快樂，有事打擾一下。」

內屋一陣安靜，我繼續走入，肚子上的小胖手還在抵著我咧，我抓起肥嫩小手就往後甩去，「去，把門關上。」

小胖子踉踉蹌蹌的往正門那兒去，哭喪著臉不知所措，但還是很聽話的默默暫時關上裡頭的玻璃門。

「好話說前頭喔，師父，我跟我老弟不一樣，我不怎麼懂禮貌的！」我朝右邊看著那沒變的茶几石椅，正前方的神像，還有滿空氣的燃香氣味。

這裡其實沒有什麼邪氣，但也稱不上正派，有些詭異的感覺讓人些許不適，不過不至於造成什麼傷害就是了……這位師父，似乎都在製造別人的傷害。

「師父，別這樣，我們不是來找你麻煩的。」老弟依舊溫和有禮，但我耐性眞的有限。

嘖！我直接走進裡屋，小胖子在後面唉呀呀的嚷著，但這屋才多大，除非有後門，否則——三十秒不到，我就把師父「請」出來了。

他其實躲在裡間的牆邊，離客廳近得很咧！

「你們……你們到底又要幹嘛？」

師父一臉不耐煩，大概是過年，他今天的裝扮好多了，頭髮洗過也梳整齊了些，還是穿著宮廟的衣服，但額外穿了件道袍，瞬間有模有樣，專業度加了三十。

「爲什麼看到我們就跑？你該不會做了什麼虧心事吧？」老弟饒富興味的問著。

對，這也是我想問的，爲什麼看到我們就跑？搞得好像他知道什麼似的。

「上次的事被你們搞得很麻煩！我好好做生意，你們攪什麼局？你們破了我的術法，這要付出代價的！」師父的嫌惡之情溢於言表，指著角落一個小桌子，「看看，那些反撲我都得好好處理，不然我還能在這邊聽妳一句新年快樂嗎？」

角落的桌上有個盤子，盤子裡畫著陣法寫上很多字，中間立了一個草人，草人還穿著衣服，不過……看上去有點糟，碎屑滿盤，有點可憐。

「原來你也知道有報應啊，那還敢做那些傷天害理的術法？」我好奇的看著那草人，「你很會找替身耶，幫人替身，連自己都有替身。」

「施術都是會反彈的，尤其是那種替人過運的，你們破壞了我的法，所以反撲得會更嚴重……」師父端起桌上的熱茶沾一口，立刻嫌惡的倒掉，「倒茶。」

小胖子一聽，即刻把擱在一旁的熱水燒開。

「我們也不廢話，這個。」老弟直接掏出了被折得爛爛的紅包袋。

師父見到紅包袋第一秒是亮了雙眼，可能以爲是要給他的，但老弟壓在上頭的手掌一挪開，看見皺巴巴的袋子時，立即扯了嘴角。

「要問什麼？」

我嘖的把紅包裡的紙張抽出，放在他眼前。

師父幾乎只用了零點零二秒的時間，就刷白了整張臉，再用零點五秒的時間，驚恐的看向我們兩個。

「誰撿到的？」

「我就知道是你！就你會幹這種事！」我二話不說，一掌壓住師父的肩頭就把他往椅子上壓，曲起的膝蓋驅前，直抵住他的胸口，「給我破！」

小胖嚇得想大喊，老弟即刻把他拉開，叫他到裡面去！

「不會傷害你師父，現在是你師父在傷害我！」老弟蹲了下來，「你爲什麼一直在幫人幹這種事？現在是我中招了！大哥！」

「你你……爲什麼又是你們？」師父慌亂的喊著，「我沒要你們撿到啊！你們明知道爲什麼要去撿？貪啊！」

「貪你媽的！他是好心幫人家撿東西！對方還把這張符、塞在一整疊看起來新買的紅包袋裡！」我捏著那張紙低吼，「這叫助人爲快樂之本！」

「你們都一樣，施這種法本來就很缺德，敢做不敢當，他的噩運自己受啊！」

啊？師父臉色一變，眉頭緊皺，「他、他這招……太缺德了吧！」

「別說！我不知道！我不想也不能知道！」師父大吼著，趕緊掩耳，「那不關我的事，我就是拿人錢財，與人消災！」

你知道他過了什麼給我嗎？」

「那消我老弟的災要多少錢？」我懶得廢話了。

師父歛起了下顎，眉心皺得更緊，緩緩鬆開手，眼神開始閃避……這種狀況一點都不妙啊！可惡！

「NO！」老弟起身哀號，「你自己做的，總有破解吧！你都能化自己的難了！」

「也就只能再找個替身！我可以再弄一個同樣的術法，你們讓別人撿去。」師父沉重的說，「但我想……你們應該不是會做這種事的人，對吧？」

我的膝蓋更用力的一頂，師父吃疼的哀鳴，小胖弟可緊張得很，掛著淚痕上前，「別傷害我師父啊！」

「亂認師父！你是瞎了嗎？這種缺德混帳還認爲師父？」我斜睨了他一眼，「除了這種陰損的招外呢？沒了嗎？」

師父搖了搖頭。

老弟彷彿早就知道了，在宮門口走來走去，哀聲嘆氣抱頭低咒。我再問了師父好幾次，他最後甚至說就算給他一千萬，也解不了這個劫。

因爲委託者求的是終極辦法。

「不是像上次過個簡單衰運這麼簡單而已！」師父沉重的說著，「我這次做的是轉移命格，也就是說，亡靈以為你弟是別人！」

什麼!?老弟倏地旋身，一秒衝到師父面前，「你知道有亡靈的事？」

「啊！我就只能說到這樣，我不能洩露客戶資料……我也真的不知道他是誰！我認的是錢！」師父倒也坦白，「他說被一個恐怖情人糾纏，前女友死了之後還不放過他，所以才想讓那個女鬼過給別人。」

這是另一種強迫相親嗎？

「這種事能錯認的嗎？她是死了不是瞎了耶……」我喊到一半愣住，這聽起來也是有點怪怪的！

師父卻揚起一抹自信的笑容。是，當然可以，老弟已經親身體驗了。

「看來人死後智商可能會變低，或是只認命格或磁場之類……」他伸手阻止我再繼續壓著師父，「可能打死他都沒用，先找解決辦法吧！」

我挑了眉，「打死他沒用嗎？」

「欸欸！」師父緊張的搖手，「我就只有那招，你們也過給別人啊！」

「不，其實還有別招的。」老弟自顧自說著，一邊往外頭走去，「老姐，走了。」

第二條路，是除掉那些亡靈吧！
只要淨化厲鬼，也就萬無一失了？

2.

我俐落的把貨物從架上搬下來，幫忙點著剛進的新貨，一旁的男人看了我好幾眼，尷尬的在我回過頭時閃避眼神。

「保證免費好嗎！我只是來陪我老弟的。」我低喃著，旁邊這位是老弟店裡的經理。

「可是……」

「很怪我知道，但不能說太多，得一個免費勞工你又不虧。」我嘆口氣，「不過我希望我弟在我視線範圍內，所以你讓我來點貨，這點很不妥。」

「呃，但是外面……」

我沒應聲，幸好今天的貨不多，快速的把貨點完，趕緊到前面去看著老弟才行！

「店長……」身後突然傳來老弟的聲音，「我休息時間到了。」

我回過頭，老弟從員工門那兒進來，店長朝他使了眼色，他溫和向著店長道歉，「不好意思啦，家裡有點事。」

店長碎唸了幾句，就離開倉庫去前場了。

「沒事吧？」

「沒什麼事發生，我就是在上班。」老弟把便當塞給我，「我買了兩份，妳先吃啊，我來點……這些都分類好了嗎？」

他接過我手上的平板，抱起地上的衣服就要放到架上去，老弟過年打工的連鎖服飾店非常大，一整棟三樓都是，所以倉庫自然也很大間，服飾、鞋子、飾品都有販售，一排排貨架上是一個個整理箱，要把貨物歸到所屬的箱子去。

我不可能跟老弟客氣，直接吃起便當來，看他熟練的在貨架區中移動、放貨，我記得他才來不到一星期吧，聰明的人就是這樣，學習快、反應快，做什麼事都能立刻上手。

滑起手機配飯，在我不經意間，我發現老弟已經離開了我的視線範圍，到更角落的地方去放貨了。就在我頭頂的燈光有些閃爍之際，我即刻就仰頭看去，看著燈管彷彿在發顫似的，接著甚至直接暗下零點五秒、再亮起。

「唐玄霖！說話！」我扔下便當，立刻起身，隨手抓起我坐著的塑膠凳。

「啊？」老弟的聲音從十一點鐘方向的角落傳來，他人在最角落。

我循著聲音走去，倉庫的燈居然從老弟正上方一秒暗去，啪——該死！我邁開步伐用跑的，直接往角落衝去，緊接著就是東西掉落的聲音！

「哇啊！」

我滑步趕至時，看見的是從地底冒出的女孩，自老弟背後圈住了他，接著從老弟面前的地上，眞的是地上，緩緩鑽出了第二個女人……這如果是在電影裡，就是有個會穿牆的超能力者……但現在最糟糕的是，這些是亡者！

老弟被扣著難以動彈，但他這次很聰明的先拿手擺在頸子邊，避免二度被勒住，但從他面前爬出的那位，卻也拿著繩子要套住他的脖子！

「我說妳們適可而止！」我筆直衝去，不客氣的一把抓住那條繩子，拿塑膠凳先把女鬼向後撞開。

同時間我手裡握著老媽給我的觀音像，狠狠往牆上的女鬼臉上摀去——想當然爾，當遇到她們會畏懼的法器時，我就只會摀進一個沙雕而已。

沙子嘩啦啦落下，我趕緊拉過老弟，但更多的女人居然一個一個從黑暗中或冒出或爬出，還有從層架中間擠出來的……倉庫的燈只暗了一半，所以我們還能有一定的能見度，可以看見這些泥做的女人。

她們的頸子上，居然全部都繫著繩子！脖子甚至都已經被勒到變形了……這哪是什麼前女友啊，我突然想起今早做的夢！

「搞錯人了妳們！」我像在做無用功，因爲她們已認定老弟就是她們要找的人，「這是我弟，他叫唐玄霖，他不是殺害妳們的人！」

『……去死！去死去死！』

尖叫聲從老弟耳側傳來，又一個女孩只冒出鼻子與嘴的部分，而她的手抓住老弟今天繫的圍巾，狠狠的往牆裡拖！

『我要把你碎屍萬段！』層架上的女孩低吼，冷不防的也撲向了老弟。

滾啊！我一腳就踢開那個撲來的女人，緊接著把老弟朝我懷裡摟，反方向也開始拉圍巾，才不讓那女人得逞——「啊！」

老弟與我聯手，我們不停的與之抗衡，總算把那女人從牆裡拉出來，我一看見她絞著圍巾的雙手，即刻拿腕上的佛珠套上去，順勢把她扯出牆來！

『啊啊啊——』女人被我拉出來，騰空在空中翻滾撞上貨架，又散成一堆沙子。

『他也會殺了妳的！』又一個女人從地板與牆的直角處冒出，『他會虐殺妳、勒死妳，然後把妳埋起來——』

咳咳……老弟攀著我的肩低咳，我們都已經意識到這哪是一、兩個亡者這麼簡單！而且跟前女友一點關係都沒有！每個女人渾身都是傷，脖子上都繫著特粗的麻繩，每個人都是被勒死的！

連續殺人犯？

我們冷不防地就被包圍了，我護著老弟轉了一圈，有五個女孩，五個厲鬼。

『我也要一刀一刀剪開你……』其中一個女人開了口，從身形看，就是昨天在老弟床上的女人！因爲她最高！

她猙獰的抓向老弟，老弟努力閃躲了還是被她在擋拒的手臂上劃上深刻傷痕，我拿下纏在手上的護身符，我可沒興趣一再地在這間倉庫打落一堆沙，等等我要清的好嗎！

準確的抓住那女人的手，她已化身厲鬼，滿身恨意，長長的指甲又黑又利，現下上面沾了老弟的血，老弟抓起平板朝她試圖攻擊，而我則是用力抹去女厲鬼身上的沙子，我要知道她們是何方神聖！

在她手臂上這一抹，我卻抹到了詭異的凹凸觸感。

她們原來不是沙子做的，只是身上覆滿了沙土……而這女人手臂上頭，有一個接一個綻開如魚眼般的傷口，裡頭已發黑腐爛，顯得異常噁心。

「妳是什麼人？」

『他會用剪刀，一刀一刀剪開妳的肉——』女人翻著白眼，立即握住頸子上的繩子，『他死我就能救妳！他必須死——』

說時遲那時快，五個女人紛紛將手裡的繩子都繞成了圈，跟夜市套圈圈一樣，就往老弟頸子套。

老弟原地一蹲，順勢直接往外頭滾去，而我則重心握住護身符在手中，開始用手刀劈斷女人們的手，再搥掉她們的頭顱或身體，直到一陣又一陣的沙子落地聲不絕於耳。

啪！燈光大作，我頭頂的燈突然點亮，而此時的我手裡正捧著一顆泥沙頭顱，在燈光下我才發現那看起來不像成熟女人的模樣，五官看上去相當年輕，彷彿是少女，但她臉上卻有著零亂、足以稱爲毀容的疤痕。

沙子頭顱在我手掌心崩解，我看著自指尖流逝的沙子，內心感受到強大的不安。

轉身離開至倉庫最後一排，我趕緊向老弟奔去，他上氣不接下氣的坐在電燈開關下，兩隻手臂鮮血淋漓，連後背也一樣，每一處都像被利刃劃開一樣，幸好沒傷到要害。

「沒事……皮肉傷……」我抓著他手臂檢視，每一道都皮開肉綻，根本不是小傷，「得去醫院縫合。」

老弟無力的蹙眉，他顯得非常煩躁，倉庫一地的沙子還得交代跟清理，但他的傷口太多也太深，必須先做處理，更別說，裡面還沾染了那些沙子啊！萬一感染怎麼辦？

「她們是故意的，傷害我、折磨我，並不打算讓我死得痛快。」老弟嘆了口氣，「就像凶手生前對她們一樣。」

「你知道了？」

「她們攻擊我時，我都能看見她們被虐待時的片段……一言難盡！但完全可以理解她們為什麼這麼恨，恨到寧願化身厲鬼也要索命。」老弟疼得皺眉，「不行！太痛了！先去醫院吧。」

「我得陪著你去，這樣放著不行！」我回頭看著那一地沙子，「我先跟你們店長好好商量。」

我才要走，老弟連忙拉住我的手，「老姐，商量是用嘴，拜託……」

「廢話，我當然知道！你在這裡等我——」我嘖了一聲，這種提醒聽起來很煩耶！

但我都拉開門了，又擔憂的回了頭。

「別擔心我，我只要待在光裡，她們就不會過來。」老弟突然堅定的說著莫名其妙的話。

「待在光裡？」我狐疑的看著這整間倉庫，剛剛有光她們也是照殺啊。

「因爲她們是從我的影子裡生出來的。」

沒有影子，她們就沒有出口。

老弟一雙手臂加背部一共縫了三十幾針，這不是疼不疼的問題，這已經到了是否能禁得起下一波攻擊的情況，身上有縫線，他根本不可能自由行動！他說他注意到那些厲鬼都是從他的影子裡冒出來的，只要他有影子映在地上或牆上，她們都能隨時出現。

但只要用具力量的法器一打，就變成一堆沙子，搞得連要怎麼驅鬼我都不知道了！

回家後我們都把燈開到最亮，大不了戴著眼罩睡，我把所有之前收集到的法器都圍滿了老弟的床。第一晚沒什麼大礙，厲鬼們沒有出現，不過老弟做了一宿的惡夢，因太過劇烈，縫合的傷口又扯開了。

令人不爽的是，不只他做惡夢，連我也一樣，夢裡我被各種方式折磨，我甚至都已經知道那最高的女孩手臂上的魚眼傷口是怎麼來的了！變態凶手是捏起她手臂上的肉，用剪刀活活的剪掉一塊肉，傷口就會綻開成魚眼狀。

侵犯、鞭打、用肉槌打碎骨頭、割、剪、剜身體的每一個部位，我化身成不同的女孩，遭受不同的虐待，一直到最終被麻繩勒斷氣管爲止。

『她們的恨是難以解決的，唐玄霖會死得很痛苦的！』黑暗裡唯一的光束下，坐著我曾深愛的男人，『她們集結起來，寧願化身厲鬼，也要拖他下地獄，這份執著妳是破不了的。』

「所以呢？」我冷冷的別過頭去，「這麼喪心病狂的變態，隨便一個術法就能讓他人代他受過？」

『很遺憾，世界就是這麼不公平。』椅子上的男人溫和的微笑，『但妳知道我能救他的。』

「要用我的靈魂還是他的靈魂做代價？我說你省省吧，不要費這種心力了！」我筆直朝他走去，「不管我醒著還是做夢，你都休想占據我的身體！」

我直接原地一個旋踢，狠狠的踢向了他——磅！

巨痛傳來，我哎呀的彎起身子，抱著我的腳，蜷在被子裡哎哎叫著，皺著眉睜眼，才發現我的腳踢到了上鋪床板了，痛痛痛！

夢境太眞，我整個人只感到虛弱，被殺的過程只怕也是眞的，是惡魔刻意要給我看的！而化身成我前男友模樣的惡魔也是眞的，他希望我臣服於他，這樣就能救我老弟……想得美！

「妳也做惡夢了嗎？」上鋪傳來虛弱的聲音。

「嗯啊，又被虐殺！」我起身喝水，沒告訴老弟關於惡魔的那段，「你咧？繼續殺人嗎？」

「嗯，凶手眞的是死變態。」老弟聽上去非常疲憊，畢竟已經這樣兩三天了。

他當然知道我體內有封著某位惡魔，但我沒必要告訴他，那位總是蠢蠢欲動的事。

我攀上鐵梯，看著臉色蒼白的他，我們兩個氣色都不好，這種睡眠品質太差，根本都不知道自己到底是有睡還是沒睡。

「需要我做些什麼嗎？」我問著。

「我需要把這個劫渡過去！但現在我們什麼都做不了……破不了，也無法淨化那些厲鬼，她們恨意太深了。」老弟做了一個深深深呼吸，「我們必須尋找外援了。」

他這麼說著，若有所指的看了我一眼。

「別鬧，我體內這傢伙休想動用……」我當然拒絕，「尤其厲鬼並不會攻擊我，所以名不正言不順……」

去年萬聖節時，有人召喚出了惡魔以求獲得永生，結果被我封進了我的體內共存，而且爲了避免惡魔力量過大，有人替我們加了封印，當有人襲擊我時，居於「反擊」的立場才能傷害對方。

但這波厲鬼針對的是老弟，加上同是女性，這幾次見面的情況下，她們根本不可能傷我。

「不是！我怎麼可能去尋求惡魔的幫助！」老弟小心的撐起身體，「我是說，比那個更厲害的——外、援。」

我登時一怔，啊的將掌心往額頭一敲，我怎麼忘記這檔子事呢！

現在時間是半夜兩點，大過年的他們生意也不會太好，我旋即跳下鐵梯，要老弟起身準備，我騎重機載他過去。

我把能用的武器跟法器都帶上，因爲在路上馳騁時，只怕那些厲鬼是不會放過這天大的機會的。

「不必這麼忙，我就緊緊抱住妳就好了。」老弟倒是從容。

「爲什麼？她們如果從輪子下的影子冒出來，我這一滑可不得了耶！」我皺眉抱怨，一邊再多帶了條皮帶。

「就是這樣啊，妳要動之以情！就說不關妳的事，讓她們別傷害自己人啊！」老弟吃力的套上外套，「那些都是年輕女孩，她們也沒想傷害妳，只要讓她們知道這樣會波及到妳就可以了。」

我眨了眨眼，「哈囉，你在談的是厲鬼，那種抓狂的類型？」

「對眞凶抓狂，但她們是有理智的！這幾天的夢境給了我不少訊息……」老弟連做夢都能分析，「她們不成爲厲鬼就無法爲自己報仇，就算下地獄她們也不在乎，她們只執著於殺掉眞凶——正因爲這份執著，才讓眞凶不得不把命格過給別人，因爲他逃不掉。」

我嘴巴微張，看起來應該像個蠢蛋，反正老弟一向比我聰明，他說什麼都是對的，我也懶得深究或反駁。

「我的夢裡，我是被殺的那個，我只知道誰那樣對我，我在天堂都寧願衝去幹掉他！」我說得超有誠意。

兩點半，我留了張字條在佛桌上，與老弟悄聲出了門。

這一路上多膽戰心驚就不提了，一進到黑暗中就怕哪兒會冒出那些厲鬼，直到在地下室騎上重機時，連我都可以感受到陰風陣陣。

「妳們如果想傷害他，就會害騎車的我一起死喔！」我對著空蕩蕩的地下室喊著，「妳們不想跟凶手一樣連累無辜吧？」

老弟緊緊環住我，低語一聲：「走！」我催著油門就衝了出去。

夜半時分的道路上幾乎沒人，我的重機在劃破夜風好不暢快，要不是「國家相機」都不會移動，我保證可以騎得更快、更瀟灑。

過年的城市宛若空城，人煙稀少，更別說這半夜三更的時刻，逼近零度的氣溫讓人直打哆嗦，而我卻努力的前往首都最知名的夜店區塊，背後的老弟相當緊張，我可以從他環著我腰的力道感受到，而屢次不安的瞄著後照鏡時，我彷彿都能見到在空中飄揚的帶血麻繩。

她們來了……不，她們一直都跟著，就等一個時機。

「我們坐下來好好談談好嗎？」我扯開嗓子喊著，「跟著我、跟著這個……殺你們的混帳也好，我們去一個能談的地方！」

『殺了他！』我的後照鏡驀地出現了一張醜陋猙獰的女人，她眞的忿怒到臉都扭曲變形了，『我要親手摘下他的頭！』

唉！我輕聲嘆氣，看著前頭路邊顯示的「寧靜街」，夜店街到了！

過年時分的夜店街冷清蕭條，九成以上都歇業，人人都返鄉過年，但我們知道，有一間店開著——就算它歇業，我也會去猛敲大門。

寧靜街尾，那外觀裝飾的城堡外觀，正是赫赫有名的「百鬼夜行」。

「歡迎光臨百鬼夜行！」身著燕尾服的金髮正太，活潑有力的帶著我們繞進了金色屏風裡，朝著根本沒幾個客人的舞池裡喊著。

「歡迎光臨！」店裡其他人像回魂似的，趕緊看向我們，「……欸，稀客耶！」

雪女扮相的女人皺著眉，原本要迎上前的動作後退數步，像是在恐懼什麼似的，跟其他鬼模鬼樣的人交頭接耳，然後就退到更遠的地方去。

而從吧台邊走來的人，西裝筆挺，中性裝扮，身後繫著一長馬尾，之前我們就見過，她是「百鬼夜行」的經理，拉彌亞。

「歡迎光臨百鬼夜行，規矩希望您清楚，在百鬼夜行裡，不許傷人、不許狩獵、更不得蠱惑人心。」她嚴肅的擰著眉說話，視線是看著我的。

「嗄？說什麼東西啊？我有急事！嘿！」我看見了吧台裡的金髮俊男，「德古拉！是我！你記得嗎？去年在樂園時你偷過我爆米花的！」

「請低調！」拉彌亞驀地上前，接過了老弟，「今晚還是有人類的。」

「說得我們兩個不是人類似的。」老弟啼笑皆非，但一笑就牽動傷口的疼。

拉彌亞輕而易舉的攙著老弟往一間空著的包廂走去，我才坐下剛要開口，拉彌亞俯身就摀住了我的嘴。

「噓，別說話。」她那拖地的長馬尾彷彿活著似的，竟飛起並且把包廂的簾子給拉上。

詭異的靜寂讓我也不敢出聲，我們聽著外頭的聲響，又有客人來了，正被引領著離開，拉彌亞嚴肅的不許我們輕舉妄動。

「他們不該在這裡久留。」拉彌亞拉開簾子時，德古拉已經端著酒站在外頭了，「速戰速決，老大今天可不在。」

「我知道，妳負責樓上那幾個。」德古拉將酒擱到我們面前，「就吃了幾顆爆米花，有必要來討債嗎？唷，你看起來半死不活的。」

「說話客氣點！」我挪開老弟面前的酒，「他受了傷，不能喝酒！」

「就是這樣才該喝，想睡個好覺，避免被騷擾吧？」德古拉帶著暗喻笑容，老弟即刻灌下了那SHOT。

「我想跟那些厲鬼談談，她們應該在店外等著我。」老弟一口飲盡後語重心長，「或許我可以找到她們的埋屍點，超渡並淨化她們，然後……」

德古拉沒等老弟說完便搖了搖頭，嘴角挑起輕蔑的笑容……很令人氣惱，偏偏還是很好看。

「這不失爲一個好方法，但凡事都有個期限，例如她們會在七天內拿下你。」德古拉雙手抱胸的倚在包廂門口，「但是你要找到她們，可能得超過這個時間。」

「七天？哪來的七天？」我激動的拍桌子站起。

「噢，你們不知道嗎？哎呀，我這應該不算洩露天機吧？」德古拉挑了眉，「我是眞不能說太多，這場劫很難躲的，百鬼夜行不涉入人界事務，我們無能爲力。」

「廢話這麼多，當初在遊樂園時，你們不幫了我們嗎？現在──」我才在說，老弟突然拉拉我的衣角，「幹嘛？」

「他們插手是因爲惡魔，不是因爲我們。」老弟深吸了一口氣，站起身，「上次來老闆就提過了，你們絕不插手人類的事務──那麼，那幾個厲鬼總能管管吧？」

德古拉勾起了迷人的笑容，凝視著老弟的眼神過度深情，我看得毛骨悚然……我老覺得那跟我看到炸雞排的眼神有幾分類似。

「喂喂！」我立刻擋在老弟面前，「別這樣看我弟，他不好吃的。」

「她們已經在樓上了，我們有專人接待，現在呢——」德古拉比向外面，「請先離開吧。」

「爲——」我才嚷著，老弟二度攔下我。

「老姐，我們在這裡得不到答案的。」老弟堅定的看著我，「先離開再說，至少……我今夜能有個好眠？」

「二十四小時。」德古拉掛了保證。

老弟朝我使了眼色，我只好陪著他離開「百鬼夜行」，出門前那個正太取下我們右手的金色手環通行證，我一臉茫然又不爽的離開了店裡。

「老姐，稍安勿躁。」老弟在我開口前拍了拍我，「沒事的，他們見著了那些少女，就能得到資訊吧。」

「我希望老闆可以直接告訴那些女孩，你不是凶手，她們找錯人了。」我心裡想的是這樣快速簡單的捷徑。

老弟苦笑搖了搖頭，「百鬼夜行是不會插手的，我也不覺得事情能這麼輕易解決……我們先回去吧。」

「煩！煩死了！」我抓亂一頭頭髮，「七天是什麼意思？那今天已經第三天了！」

偏偏老弟這個當事者比我還從容！甚至還安慰我，就算既來之則安之，他也太安了吧！我碎唸著拿著鑰匙要去牽車，卻發現我的寶貝上頭被人貼了一張廣告貼紙！

「搞什麼啊！喂——」我氣急敗壞的趕緊撕下那張貼紙，「誰在別人的機車上亂貼東西啊！可惡！不——」

我這麼一撕，貼紙撕下了，可是居然有殘膠！天哪！我拿指甲想摳，但又怕傷了機車的烤漆，這氣得我都快抓狂了！

「冷靜，冷靜老姐！」老弟連忙安撫我，「我們回去用去膠的把它去掉就好了！」

「太過分了！哪個混帳！大半夜貼貼紙就算了，還用這種會留殘膠的？」我咬牙切齒，「被我找到，我一定要好好教訓他！」

「就爲一個貼紙，犯得著嗎？」老弟無可奈何的說著，「人家都大半夜這麼辛苦、還親自貼貼紙小廣告……了……」

老弟的話變得遲疑，我緊張的即刻左看右瞧，一般這種情況就是附近有狀況！我謹慎的張望，這深夜的店門口，只有我們兩個，厲鬼也沒出現。

「別嚇我，有什麼東西來了嗎？」

「不……爲什麼這張貼紙會在這裡？」老弟接過我手裡的貼紙，「妳也揉得太爛了，這樣我看不到聯絡方式啊！」

「要聯絡方式做什麼？揍人嗎？我可以。」我大方的點頭。

「尋、黃色……」老弟用力的想攤開那張被我揉爛的貼紙，看起來有困難。

「我是很想搞自然一點，但你們這樣有夠浪費時間。」

冷不防的一張貼紙遞了過來，直抵老弟面前，而我的反射神經則是即刻握住了對方的手，不許對方靠近老弟。

我連腳步聲都沒聽見！

我的重機前曾幾何時出現了一個單眼皮的男子，穿著牛仔外套跟普通T恤，在這零度的冬日顯得格外奇怪。

「我一直覺得你們兩個單打獨鬥不行，誰體內有隻惡魔還能過平安日子的？」單眼皮再把手裡的貼紙遞前一點，「這個人能幫你們。」

我仍舊盯著不知來意的單眼皮不放，老弟接過貼紙唸著，「這是找狗的小廣告，我要找這個人做什麼？我也沒狗。」

「那隻狗我也不知道在哪裡，但我可以告訴你主人家在哪裡。」單眼皮說到一半，突然比了個噓，像是在聆聽什麼，「噢，林語蘩、朱民樂、徐……平均十三到十七歲。」

咦？什麼？我一時反應不及，「誰？」

單眼皮再從衣袋裡拿出了一包東西，就往我懷裡塞，「這個戴在身上，比那些廟裡的玩意兒更管用。」

「我……」我冷不防被塞進東西，有種個人範圍被侵犯的感覺，「你是誰啊？」

「叫我阿天吧！」阿天指向身後的「百鬼夜行」，「我是裡面的……員工？合夥人？這有點難界定！」

「我以爲百鬼夜行不會……」

「是怕惡魔趁火打劫吧！萬一利用我威脅老姐就不好了，所以這是爲了惡魔，不是插手人類的事。」老弟突然推了我一把，順當的幫對方說了理由，「上車，老姐，我們現在就去。」

現在？我瞪圓眼睛回頭看著老弟，我們就一張便利貼小廣告跟電話，上面連地址都沒有，能去哪裡找人？

「導航開始。」

莫名的，我口袋裡的手機傳出了聲音！我愣愣的拿出手機看，居然已經定位在某個地方，並且開始準備導航。

「走了！」老弟催促著，我狐疑又震驚的看著那單眼皮，下意識打了個哆嗦。

「我叫唐恩羽，你厲害啊！」我發動前朝他豎起了大姆指，「阿天！」

「下次來教妳符文。」阿天笑了起來，有點呆萌傻氣的模樣。

我一時以爲聽錯了，車子呼嘯而過，他說什麼？下次再來？還要教我符文嗎？喔喔喔，我突然感謝起體內的惡魔先生，「百鬼夜行」鐵定是看在他的面子上，才肯幫我們的吧！

手機交給老弟導航，一路順利，而且沒有任何令人不安的東西，那些厲鬼果然沒跟上我們！不管是不是「百鬼夜行」暫時留下她們，或是德古拉的特殊調酒奏效，總之這三天度日如年，現在好不容易能輕鬆幾分了。

凌晨三點半，我們停在一棟舊公寓樓下，手機傳來導航結束的聲響。

「五樓……」老弟數著樓層，怎麼算都只有四樓，「頂樓加蓋。」

停好機車，我看著一樓那破舊的鐵門，冬日冷風呼嘯，那扇紅色掉漆鐵門都會喀喀作響，我想了幾秒，伸手握住那一折就會斷的門把，用力往裡一推——喀，開了。

「老姐？」唐玄霖瞪大眼睛看著我，「妳現在是連門都能摧毀了嗎？」

「說什麼咧，這門太舊了，你看這個門扣板都鏽了，縫這麼大，隨便都能推開。」我指指門扣板，薄脆得隨便拿根免洗筷都能再捅出幾個洞。

這公寓很舊了，樓梯也是古老的那種，完全沒翻修過，扶手上的鐵條全部鏽蝕，我讓老弟別扶著走路，天曉得會不會隨便一撞就斷；輕易的走完四樓，來到五樓加蓋，沒有意外，門是上鎖的。

不過剛剛從樓下看，燈是亮著的。

我正在猶豫著要不要按門鈴時，我們正上方的燈又開始波動，我們同時抬頭往上望，下一秒我握住甩棍，把老弟藏在身後，感受到頸後一陣冰寒，我倏地轉頭，一個滿臉爬滿蛆的傢伙就頂在我鼻尖！

「啊！」我忍不住大叫，手比腦快的拿著甩棍，用力朝他臉刺下去，再一把推到樓下！

亡者只滾了兩圈就原地直立彈起，騰空的朝我衝來，我將甩棍甩長，對準他就要劈下去時，對方卻戛然止步。

他低下頭，望著我掛在身上的牌子。

那是阿天剛剛塞給我的，裡面有兩個牌子，非常好笑的東西，活像兩塊金牌，帶子還眞的是錦帶！只是錦帶上繡著我無心研究的東西，金牌則是六角形的，上面也刻著看不懂的符號文字。

『客人，早說嘛。』那噁心的亡靈一轉身就穿牆而過，然後五樓的門應聲而開。

你也沒問啊，大哥！

我跟老弟僵在原地，爲什麼這頗有一種請君入甕的感覺？

「阿天給的東西，挺有效的。」老弟輕推了我一把，「走吧。」

我不停做著深呼吸，踏進黑暗的頂樓，這裡充滿死亡與垃圾的氣息，頂樓擺了許多花盆，但均已枯死，還有許多放很久的垃圾，都已經有臭味了……不過不是屍臭，這個我分得出來。

加蓋小屋的門已經打開，居然是透明玻璃落地窗？這一覽無遺，小偷多好偷啊！門邊一個跟我們差不多同齡的男子朝我們頷首，「請進，要換拖鞋。」接著他轉身，朝裡面說了聲，「那個亂撿紅包的！」

「我沒有撿紅包！我是幫人撿東西！」老弟虛弱的反駁。

「這什麼年代了，助人爲倒楣之本你不知道嗎？」

屋子裡傳來女生的聲音，先走進屋裡的我，往左前方的角落裡看見了一個坐在電腦桌前的女人，她一頭爆炸捲髮，敲著鍵盤，眼前有上下兩排六個大螢幕，看得我頭昏眼花！

「社會還是需要點溫暖的。」老弟淺淺答著，然後也注意到這一屋子的……符咒。

不只是符這麼簡單，還有許多咒語跟圖騰，有六芒星，也有圓形的，應該不是裝置藝術。

「有聽說某人撿了紅包取代了他人的命格，原來就是你啊！」剛剛那男孩端著茶走了過來，「眞特別，沒冥婚，卻取代了別人。」

老弟看著放下的茶，卻暗暗捏我的手臂叫我別喝，我也不傻，這個男孩近看臉色慘白，而且讓我全身都起雞皮疙瘩。

「需要我幫什麼？」女孩轉了椅子，轉過來看我們。

「我要怎麼破掉這個撿紅包的法？」

「我是駭客，不是道士。」女孩聳了聳肩，「我能幫你們查東西之類的，阿天介紹來的，第一次不收費啊！」

駭客？我一腦子糊塗，阿天介紹我們來找一個駭客？

「林語蘩、朱民樂……」老弟突唸出一串名字，「還有我給妳街道名，能調出三天前監視器紀錄嗎？」

「行，時間更準確更好。」駭客女孩轉回位子上，而剛剛那個男孩已經遞來紙筆了。

老弟開始在茶几上寫下時間與道路名，他想讓這位駭客女孩調出那個變態殺手的樣貌或行蹤吧！對啊，有了模樣，就能夠知道他是誰了！

男孩接過老弟寫的紙，又多放了盤糖，看了桌上的水一眼。

「水沒有毒，可以喝的，去一下你們身上的邪氣。」男孩走向駭客，「剛剛是我失禮，我以爲你們是小偷才嚇你們。」

靠，果然不是人！

難怪駭客女孩敢用透明落地窗當門了，有這種保全怕什麼！

老弟盯著水幾秒，就拿起來喝了，他現在好像只要聽到去邪氣的都喝，簡直就是快溺斃的可憐人了！

「你別什麼都吃啊！」

「我說不定活不了幾天了，幹嘛浪費！」老弟跟著拿起桌上的糖也嗑。

「你活不到初五的，那些厲鬼是獲得特殊許可前來索命，她們被虐殺得太慘，恨意太深，寧可下地獄也要手撕凶手。」駭客女孩的手在鍵盤上飛快的敲動，「依照你撿到的天數算起，你絕對活不到開工。」

「你連我哪天撿到的都知道，監視器調到了嗎？」老弟異常冷靜，「能看得出那個人是誰嗎？」

沉默瀰漫在這房間中，只剩下鍵盤喀噠喀噠的聲響。

約莫過了十餘分，鍵盤聲終於停下。

「你剛說的那些人，全部都是失蹤人口！」駭客眼前的電腦螢幕上，出現了五個少女的模樣，「五個女孩平均年紀在十三歲到十七歲之間，最久的已經失蹤了五年了！」

我起身走近了駭客，看著螢幕上那一張張可愛天真且稚氣未脫的容顏，再對照那些猙獰、毀容的厲鬼們，不由得怒火中燒。

在我做的無數惡夢中，我當然知道她們經歷了什麼！

只見駭客手又在鍵盤一敲，五個少女的畫面被新聞畫面取代，新聞播報歷史畫面，加上父母聲淚俱下的哭求大家協尋。

「最近的失蹤者是在半年前，警方都有調查，但就是找不到線索，有的是在上學路上失蹤，有的是去補習班的路上不見的。」

「監視器呢？」老弟也來到我身邊。

「那兒可不是首都啊，又不是每個地方都遍佈監視器的，但這些女孩子生活的地方的確都屬於偏鄉，有的地方就算有監視器也是裝飾品，或是角度剛好歪斜，所以……」

新聞裡的父母都都在拜託大家尋找失蹤的孩子，也分發著傳單，或許他們心中感覺孩子凶多吉少，但死要見屍，有時沒消息就是好消息。

像我即使已經知道這些女孩不在人世，卻也不能告訴他們。

「那能知道她們埋在哪裡嗎？」我忍不住問。

「嗄？」女孩仰頭看向了我，「我是駭客，不是通靈師！」

「老姐，妳不是都夢到被殺了！妳都不知道了，她怎麼會知道？」

是啊，在夢裡的我就是被殺害的女孩們，我一直夢到被虐殺的過程、連身在何處都不知道，只知道在一片黑暗中！我想那些女孩可能自己都不知道在哪裡吧！她們在黑暗中飽受身心的摧殘，被痛苦、絕望與恐懼包圍，連被勒死時眼前都還是黑漆漆一片，根本也瞧不見在她們身後、收緊繩子的人。

「但她們應該是被埋在沙地裡的，所以她們都帶著沙子現身。」我很想問駭客能不能查到是哪塊沙地，但問出來應該很蠢。

「講講你！你那個術法很邪的，是可以過命格給別人，既邪又少見！平常撿個紅包都是冥婚，而且還很難會成功，畢竟大家都知道冥婚的習俗，路上誰見到紅包會去撿啦！」駭客指指老弟，「但我還眞沒想到，有人居然會用那種手段騙人撿紅包，這眞的既聰明又卑劣啊！」

「聽起來妳還眞欣賞那個變態啊。」老弟萬分無奈。

「說穿了你就是倒楣而已，換成是一般人都會去幫忙的……我可以幫你們查查有哪些人會這種術法……」駭客轉了椅子，手擱上鍵盤。

「不必，我們已經找過那個施術的師父了！答案是無解！」老弟打斷了她，「唯一能做的，就是跟凶手一樣，如法炮製，再讓別人撿紅包。」

「……噢。」駭客緩慢的噢了一聲，沒說出來的話像是：那你沒救了。

「還不如眞的撿到冥婚紅包！嘖！」大不了就老弟多了個冥界老婆，也強過現在這個樣子吧！

「這還眞像詛咒，什麼七天內要傳給別人，不然的話你就死定了！」駭客聳聳肩，「Jupiter，有救嗎？」

她問的是那個男學生模樣的人，名字怎麼很難唸的樣子。

「沒有別的方法，她們是帶著強大的怨與恨，拿到許可來索命的，她們的力量會一天比一天強大，七天一到，一定會取走性命。」

「欸，那能查出那天故意掉東西的人是誰嗎？」

駭客再度動動手指，螢幕上立時出現那天我跟老弟在巷子中，附近所有角度的監視器。

「沒有辦法！他帽簷壓得太低了，根本看不出五官樣貌！」她用筆指著每一個角度，眞的完全沒辦法看清。

「可惡！他該不會早勘察過了吧？」

「我只能告訴你身高，其他的無能爲力，非常遺憾。」女孩兩手一攤。

老弟看著螢幕裡的男人，繃緊著臉，「我眞的就只能等死嗎？」

我下意識想起我體內還有一個惡魔可以用，或是……我設法讓那些厲鬼攻擊我，這樣就能讓惡魔回擊她們嗎？

「請不要想太多，我想妳弟也不希望妳任意動用『那、個』的力量吧！」Jupiter彷彿有讀心術似的，突然出聲，「那些女孩目標很明確，更不可能傷害同是女性的妳。」

老弟倏地看向我，眼神警告著我不要想亂來。

「不是啊，這不是很怪嗎？輕易一個術法，就能讓她們錯認殺害自己的人？」

「有沒有可能，她們眞的沒看到凶手的樣子？」駭客少女提出了獨特見解。

黑暗中所有的凌虐……夢裡她的的確確沒見過任何一張人臉。

「術法本來就很厲害啊！世界上有很多是難以解釋的，你們看我家不就滿牆的術法跟符文！這些不是結界，純粹是爲了保護 Jupiter！他是鬼，但也是我的守護靈。」駭客少女起了身，原地轉著圈，指著牆上各種圖案，「這裡每一張圖都有特別力量，不管多危險，Jupiter 只要回到這裡就能沒事！」

那是鬼，我們剛剛在外面見識過了，但卻是這個駭客少女的守護靈？

「妳……也見得到那些嗎？」老弟提了問題。

「嗯……怎麼說呢，我就一個普通人，但見不得人的事做多了嘛，不是有句話說得好——夜路走多了遲早遇到鬼！」她笑得很俏皮，看起來並不以此爲懼。

因爲這樣，所以那個叫阿天的才刻意介紹我們認識嗎？

「這符文也是阿天教妳的嗎？他剛剛還跟我說，下次要教我什麼符文的！」

「喔！不必下次了，就現在吧！」她突然走近了我，「剛剛阿天跟我講了，要我教妳一個最簡單的符文，至少可以暫時逼退厲鬼，還能短暫形成防護罩。」

她一邊說，一邊挽起袖子，開始活動起筋骨，不知道的還以爲她是要打架咧。

「這麼厲害!?」我精神瞬間就來了，「教，請快點教我！」

只見女孩手指凹出特殊的模樣，然後在空中畫了一個圖，真的是一個圖騰，速度快又複雜到我手停在半空中，根本完全跟不上。

「呃……有簡單一點的嗎？」

我說這話時，我身邊的老弟已經有模有樣的跟著比出了一個動作！

「對，就是這樣，不過你左手的順序有一道錯了，是這樣，然後上，接著下勾，三十度！」駭客少女站到老弟身邊，認真的再教一次。

於是當老弟也順利學會時，就剩我的手還是擺在起始的模樣，連指頭都凹錯根。

「有沒有那種可以直接海扁的武器？」我這人喜歡直接。

「這個是最簡單的了！」駭客少女認眞的說著，我只覺得頭疼。

最後當然還是老弟手把手教，我眞的是很遲鈍嗎？足足教了我十分鐘才會。

「妳需要再練習，一定要快速流暢，因爲他會被厲鬼攻擊，他沒有時間畫符文，只能靠妳了！」駭客少女轉爲嚴厲，一再的訓練我練習再練習。

天空似乎亮了些，在第N個呵欠後，我發現時間已近五點，老弟不知不覺的在人家沙發上睡去，而那位 **Jupiter** 就坐在他身邊，人面向落地窗外，朝我微微頷首，還比了個噓。

他在守護著老弟嗎？這種時候，一個鬼還比我這個姐姐有用多了。

「討杯水，我渴了。」

「妳也該休息了。」她指了指廚房，「那邊有淨水器，打開就能喝。」

她坐回角落的電腦桌前，電腦邊是牆，牆的另一頭應該是臥室，我順著走道經過緊閉的房門，她的門上也畫滿了圖案；直走到底可以看見流理台與窗，隨手取過杯子，我灌下一大杯水，眞的渴死我了。

喝完一杯再倒一杯，我呆望著眼前的窗，這頂樓加蓋沒什麼景，只有外頭無聊的女兒牆，還有漸白的天空……磅！

一隻手倏地使勁拍在窗子上，我嚇得把杯子裡的水都給震出來了，女孩的臉瞬間出現在窗外，就算烏漆嘛黑，我還是能看見黑暗中那雙殺氣騰騰的血紅雙眼。

「她們來了。」駭客少女輕描淡寫的說，末了還打了個呵欠。

我立即扔下杯子，緊張的衝出廚房，但卻看見老弟仍舊在沉睡，而 **Jupiter**

也還是坐在他身邊，他再度對我比了個噓。

我緊張的往落地窗外看去，從黑暗的地面中，女孩們扭曲著身子，吃力的爬了出來，她們歪歪扭扭的努力站直，我只看得見人形，看不清她們的模樣……即使看清了，只怕我也不認得她們。

「井水不犯河水，這裡有 Jupiter，她們目標是妳弟。」駭客少女輕聲的走到我身邊，「而且他現在身體裡有東西擋著，她們只能在外面等著。」

「我以爲……她們只會從老弟的影子裡出來。」

「只要是黑暗都行，但沒有哪兒比從兇手的影子出來更近了吧！」Jupiter 微微一笑，「所以我才說躲不過，妳要怎麼讓妳弟終其一生都沒有影子？」

不可能，也太痛苦了。

從影子裡爬出的厲鬼，的確第一時間就能殺了他。

我握了握拳，決心爲老弟拼一次看看，我在駭客少女的同意下打開門，走了出去。

「我如果說，裡面那個人是我弟弟，不是殺害妳們的兇手，妳們信嗎？」

無人說話、無人動彈，只有那五雙恨意滿滿的眼睛，死死瞪著我，我在心中輕嘆一口氣，我早該知道。

「或許，妳們可以告訴我，妳們被埋在哪裡，我去找，我去挖妳們出來，讓妳們回到爸爸媽媽身邊……就放過我弟？」

『爸爸……媽媽……』女孩開始喃喃出了聲，『我想回家……我想回家啊啊啊——』

『我好痛啊！誰來救我！誰來——媽媽！媽媽！』

低泣變成尖叫，女孩們歇斯底里的叫聲嚇得我退避三舍，駭客少女伸手抓住我的手，將我甩進屋裡，趕緊關上落地窗，就在那瞬間，女孩衝了過來，重重的撞在落地窗玻璃上！

我看見她了，是那個最早失蹤的林語蘩，她扭曲的臉因爲忿怒皺成一團，咬緊牙關的一拳一拳擊著落地窗。

『是他殺了我們，我們才有家歸不得的！』

『我一定要將他，碎屍萬段！』後面的女孩全身用力的仰天長嘯！

Jupiter 起了身，站在落地窗裡望著她們，林語蘩盈滿恨意的雙眼看著他，然後退後了一大步。

『一命，還一命。』她咬牙說著。

天空突然亮了起來，日出東方，女孩的身影隨著光線的射入轉而變淡，但她們給我的不安感，的確比前一天都要更強大了。

「第四天了，日子剩下的不多了。」Jupiter 幽幽的說，「我想她們的埋屍地應該不是普通的地方，天時地利人合，才能讓她們有這麼大的力量。」

我的手默默的重複練習著剛剛學的符文，「我剛剛應該試她一試的。」

「這個施作要快狠準，一次只有五秒鐘，所以如果她們是集體攻擊，妳一定要準確。」駭客少女再次交代。

我以爲我聽錯了，回頭一愣，「五秒鐘？」

「嗯啊，擊退後的防護，就五秒鐘。」

「哇咧，沒有十秒鐘的版本嗎？我要五秒鐘幹嘛！」還眞的這麼短暫耶！

「有就不錯了！沒有的話，妳赤手空拳打都沒用！」駭客少女拍了拍我的肩，「加油啊！妳也睡一下吧！」

加油……我忍下了罵髒話的衝動，眼皮也是沉得張不開了。

最後我跟老弟就眞的賴在人家那邊睡了一天，一直到快傍晚時才醒，我醒來時老弟他已經叫了外賣，跟駭客少女一起吃得很開心，而我則一臉茫然，拖著沉重的步伐去洗手間。

「老姐，我已經跟家裡聯絡過了，我幫妳點了炸雞全餐。」老弟在洗手間外說著。

「好，謝謝！」

我對著鏡子看著裡頭的自己，我氣色一點都不好，老弟倒是中氣十足，看來睡得不錯。

是，我又做了惡夢，這次倒不是被凌虐，而是親眼看著老弟以各種方式慘死。

「妳一臉沒睡好的樣子耶！」老弟正在啃雞腿，「但妳明明都打呼了。」

「惡夢啊，我看著你在我面前各種死法，都死了上千次了！」我先拿過可樂大口喝著，這是上等良藥啊！

老弟蹙眉，想說什麼但都吞了進去，他該相信我的，我不會輕易爲此動搖。

「這麼多種死法啊，也眞努力。」駭客少女幽幽的說，「我以爲那些被虐殺的女孩，只想把他撕開。」

「不只，她們絕對也想讓凶手嚐嚐她們所受的痛苦，所以才在我弟身上割這麼多口子。」我拍拍老弟，「放心，你老姐也不是省油的燈，我會從那麼多死法中，找到破解法的！」

至於體內那傢伙希望藉此讓我出賣靈魂？還早得咧！

我開心的抓起炸雞就往嘴裡塞，噢～可樂配炸雞，真的是人間美味！世界上最棒的食物！

「雖然你們找到施術的師父，但世界上會那種術法的人，應該不只一個人吧？」駭客少女油膩狀的擺擺指頭，「我有找到至少四個人喔，有兩個都在首都圈！」

咦？這簡直是一線生機！

「對啊！每個人道行有不同，說不定有高人能破！」我興奮的搥了桌子，「所以也不是完全沒有辦法嘛！」

身邊的老弟卻突然放下了薯條，若有所思。

「那——妳能用監視器，查出那個人把紅包送我後，最後去了哪裡嗎？」

3.

再繁華的城市，都會有荒僻的角落，首都也不例外，我之前就知道在蛋白區有很多地方都有廢屋，甚至騎車時都會經過，那些舊貨櫃、鐵皮屋，甚至是破房子，加上無人煙的廢棄廠房，我最多只會以爲有街友入住，從未想過「有心人士」也是能居住的。

我們一人騎一台共享機車過來，方便有意外時逃走，誰也不必等誰。

老弟還讓我停遠一點，直接停在附近住戶家樓下，走過去得要五分鐘。

「也太遠了吧？我要逃還得先跑到這裡？」

「敵暗我明，只知道他在這裡出入，萬一等等沒遇到呢？停在外頭，萬一被破壞的話，更無路可逃。」老弟說得倒是很有道理，現在連對方在哪兒都不知道，搞不好正潛伏在哪兒看著我們。

我依言將機車停妥後，我們便步行前往駭客少女報給我們的廢墟，那是間破敗貨櫃，從街景圖看就是個荒煙蔓草、上頭覆滿藤蔓的貨櫃，只怕連街友都不願意住——或許正是因爲如此，「那個人」才選擇這裡當藏身地。

「呼……」我身邊傳來沉重的呼吸聲，我臉色蒼白的老弟正不停的換氣。

「沒事吧你？」

「我看起來像沒事嗎？我被折騰得都快死了。」老弟沒好氣的應和著，「又疼又睡不好，我就求今晚睡個好覺。」

德古拉的酒眞的只有二十四小時的效用，昨天半夜，老弟去上個廁所，女孩就直接從牆裡殺出來了！

「先活過今晚再說吧！你撐著點，命可別被索走了。」我這是說風涼話，他身上纏了這麼多隻怨氣滔天的女鬼，能撐到現在已經很厲害了。

那貨櫃就在一條不大不小的街邊，附近一堆人都會經過，再往前不到十公尺就接到大路了，只是經年累月人們都已習慣，也無人發現裡面有人「入住」。我跟老弟謹愼的先留意四周，接著觀察這貨櫃……看起來只有一個出入口。

我在外面喊了幾聲，裡面都沒動靜，這是想當然爾的事，一個逃犯是不太可能會回應我的。

「把劫數渡給別人的混帳，出聲！」我不客氣的再喊了句，「我知道你躲在這裡，別藏了！」

又是一分鐘的靜謐，我做了個深呼吸，握著甩棍，撥開頭上的藤蔓，低頭就走進了裡頭。

「哇……」我看著這裡頭，眞是令人驚訝，「老弟，進來，他不在！」

四周包裹的藤蔓植物遮去了大量光線，相對的也遮掩了裡面的樣子，其實窗子跟屋頂裡都已用透明塑膠袋簡略封住，地上幾個桶子想是接雨水的，地上清理得還挺乾淨的，甚至鋪著瑜伽墊，還有小桌子跟塑膠凳，角落還有垃圾桶咧！

「這也太愜意。」走進的老弟皺起眉，怒從中來，「我在外面替他擋劫煞，他在這裡過安生日子！」

「不然他拐你撿紅包幹嘛？爲的就是等那些女鬼拖你去死後，他就悠哉了啊！」我看著這廢屋，「要是我住這邊幾天就能換自由，我也甘願。」

老弟一點都不想辯解，反正紅包是他撿的，命格也是過到他身上，一切百口莫辯。

「他應該是外出了，在這裡等他好了。」我拿出手機，「要不要叫外送？」

老弟白了我一眼，一臉哀莫大於心死的樣子，掠過我找張椅子坐下來，我知道他沒心情吃，畢竟精神與體力都被惡鬼折磨得太虛弱，但正因爲如此，補足體力才是重中之重啊！

我最後還是叫了外送，我們就在那變態的避難所吃飯，一邊等待他回來……誰曾想，一等就等到了黑夜。

我這人最沒耐心，也等了這混帳要五小時了，但他完全沒現身。

「那變態該不會是知道我們要來，所以躲起來了吧？」我想到最糟的情況。

「不至於吧？他不會知道我們知道他的藏身處，我們這可是特別管道。」老弟連說話都變得有氣無力，「我怕的是，他打算就這麼藏著，直到我成爲替死鬼爲止。」

「這倒不至於，我不必這麼費事。」

門外傳來的聲音輕揚儒雅，我警戒的立即跳起。

看著黑暗中出現削瘦的身影，男人也是揭起藤蔓走入，我當即反握手電筒朝他照去，一定要先看清楚這混帳的模樣。

「欸……」他伸手阻擋，嫌燈光刺眼的皺起眉，「別這樣！」

老弟打開一盞油燈式露營燈擱在他的小桌上，輕易照亮了整間廢屋，我這才放下手電筒，仔細看清楚那混帳的模樣。

他就是個路人甲，是個經過身邊也不會察覺到有異的人，長相普通，身高大概一百七十幾，身材中等偏壯，看上去相當老實，但聲音非常好聽，是適合當廣播主持人的聲音。

「你殺了那些女孩嗎？」果然人不可貌相，光看外表我還眞看不出來。

「我不知道妳在說什麼！殺人？」他還困惑的回我，那模樣看得我一肚子火。

「不要再裝了，你誘騙我弟撿紅包、把命格過給他，讓那些亡靈認爲我弟就是你！這什麼不要臉的術法啊！」我氣急敗壞吼了起來，「敢做不敢當啊？」

男人笑了起來，他堆滿微笑時看起來更人畜無害了！

可惡！他就是這樣誘騙那些女生的嗎？讓大家放下戒心，剛好可以讓他大開殺戒？

男人眼神落在老弟身上，他仔細的打量著，嘴角挑著的笑意此時有種輕蔑感，「我還是要多謝你啊，好歹給我個名字吧？以後每逢節日，我會記得爲你上炷香……」

「用不著，不如你告訴我你的名字，我來替你上香？」老弟怎麼可能示弱，他冷冷的起身，「這種術法既缺德又陰邪，你以為付錢讓那個師父這樣做，你就不必付出代價嗎？」

「我付了錢不是嗎？還不少錢呢！」

「如果每個人付錢就能這麼做，你也把天道想得太容易了！」老弟繼續說著，「我們當然找到了那位師父，他沒有提到副作用是吧？」

「不必跟我來這套，我付出了很大的代價，我當初也確定了施術的所有可能代價，結論就是——」男人手裡拎著一袋香味四溢的食物，看來是他的宵夜，「只要我把噩運命格過給某人，某人就會承擔我的所有。」

看著他這麼寫意，只是更加令我忿怒，老弟被折磨成這樣，他卻準備擁抱新生。

「你認為施術者會替你承受副作用嗎？你才別傻了！那些錢不值得！」我冷冷看著他，「但放心，你不需要承受副作用，因為我們今天來就要把命運調回正軌，你就把你自己的劫數吞下去！」

男人朝我挑了眉，彷彿我在說什麼笑話似的，他大方自在的走到我面前，將手裡的食物擱在桌上，還拖過了椅子，看起來準備好好享用他的大餐。

沒有一絲動搖嗎？這麼有自信？

「時間不多了，是不是好好珍惜所剩的時光？」他坐了下來，抬頭看向老弟，「該還的，總是要還對吧？」

「那是你該還的！」我緊握飽拳，我真想一甩棍尻下去！

「是嗎？」他突然越過我，指向了我身後，「但我想冤有頭債有主，女孩們找的可不是我……」

咦？我倏地回頭看向老弟，他已經僵直了身子，擱在桌上的燈讓我們所有人的影子都歪斜，但是老弟映在牆上的影子卻不只他一個！

他的影子是向右方斜出去的，可是在底下的黑影中，卻一個接一個的冒出，那些有著飄逸長髮的影子像是從土裡爬出一般，扭曲著身子緩緩站起，從老弟的右方到左方，一二三四五，矗立了五個女孩的身影。

她們好不容易才站直身子，但是身形卻又繼續長高，越來越龐大、越來越細長，然後舉起雙手，朝向了老弟。

「過來！」我一把拉老弟過來，但把他扯過來後的牆上，五個女孩的身影依舊。

「可以挪過去一點嗎？我想吃飯呢！」男人還揮揮手，想把我們趕到一旁去。

「這才是殺妳們的人！看清楚了嗎？我找到了！」我指著在那邊吃宵夜的男人，「是他！妳們連誰殺了自己都不知道了嗎？」

林語蘩即刻就衝過來了，毫不猶豫的撲向老弟，『就是他——』

女孩嘶啞的大吼著，猙獰的直接殺來，這是我第一次這麼清楚的看見這些纏著老弟的女孩們……她的頸子上的粗壯麻繩早已與肌膚嵌在一起，原本就纖細的頸子被勒到極細，頸骨均被勒斷，所以個個都是歪斜著頭。

全身都是青紫色的，帶著腐朽的氣味，林語蘩掐向老弟的手臂上依舊是那數不清的魚眼裂口，老弟急忙拿起自己那把寫有符咒的手電筒，直接朝女孩照過去。

『呀——』女孩滿是刀痕的掌心交叉於臉前，剎地被逼進黑暗中。

手臂上的傷口我之前就看過了，但掌心裡那又是什麼？防禦性刀傷嗎？我惡夢裡沒夢到這個啊！

「你這個死變態！為什麼要虐殺她們？」我怒不可遏的才想上前，一旁地上的影子裡突然竄出了另一個亡靈！

『嗚嗚嗚——』

悲傷的嗚咽聲也蓋不了的殺氣襲來，她抓著自己頸子上的繩子，就往老弟身上套去！

「妳少來！」我即刻先一步護住老弟的頸子，不讓繩圈繫上，朝空中畫了駭客少女教我的圖案，對著女孩推去。

我用力過猛，手貼上這位女孩的臉，在瞬間我才發現，她不是因爲哭泣發出悲鳴聲，而是因爲她的嘴被縫起來了！

『嗚——』我雙手碰到她臉部的地方開始變黑，接著燒出了一個凹洞！

女孩鬆開了手，痛苦得雙手掩臉踉蹌後退，剎時又化成沙子隱匿進黑暗當中，我趕忙拉過老弟，他發什麼呆啊！

「你要防啊！影子這麼多，她們隨時能冒出來的！」我低吼著，手電筒都在他手裡了，上面刻了咒啊！

「我不想嗎？我是心有餘而力不足啊！」老弟哀鳴著，他想反擊但反應沒我快，加上之前身上都有傷，根本無力抵抗。

這都被駭客少女說對了，這麼多個厲鬼同步攻擊，老弟一個人擋不了的！

「至少要自保啊！別讓她們再傷、到、你——」我一邊說，一邊對著從牆冒出的第三位少女的正面摀下去！

男人突然站了起來，似笑非笑的看著我，「原來是影子嗎？」

我才不想回答他！對付這些爭先恐後要索命的厲鬼已經夠累的了！我畫符文的速度還不及她們的攻勢快，她們輪番上來，只要有影子的地方，就能讓她們冒出，去找老弟麻煩。

老弟連用手電筒照厲鬼都疲於奔命，正面剛逼退一個，背後突然一隻纖細的手肘由後勾住了他的頸子，還跳上他背部扣住，「呃啊！」

女孩發瘋似的死死以手肘勾住他的頸項，老弟痛苦得瞬間鬆開手，手電筒登時掉落，同時林語蘩也衝了上去，二話不說就朝老弟身上亂刨亂割一通。

我將手上的手電筒直接照向老弟，登時間女孩們驚恐慘叫，啪的四散而逃！

老弟腿軟跪地，趴在地上猛咳嗽，我當然知道懷怨而死的厲鬼氣力有多大，再慢一秒，她說不定就能直接拔下老弟的頭了。

「何必徒增痛苦呢？他是躲不過的，就面對自己的命運吧。」男人說著風涼話，我還來不及反應，就有東西朝我這邊潑了過來。

啊！好燙！我措手不及，那男人居然把那碗宵夜潑向我！燙人的麵淋了我一身，就在我燙得跳腳、手電筒也甩飛時，那混帳衝過來一腳就把那個桌上的露營燈踢掉了！

世界立即陷入一片黑暗，換句話說，現場幾乎就等於是全是黑影了！

『呀──』女孩們立即從黑暗中竄出，不客氣的殺向了老弟。

老弟慌亂的防禦，他身上啥法器都有，問題是對於殺紅眼的厲鬼而言只能暫時逼退，可是他現在面對的是五個啊！手上與身上纏著的護身符跟佛珠效果甚微，偏偏我自顧不暇，還沒甩開身上燙人的麵跟湯，那男人居然直接一拳揮來，若不是我的運動神經反應極好，只怕就這麼被他擊中臉部了！

藉著外頭路燈的餘光，我還能看見影子，男人不客氣的抓住我的肩膀，我即刻扭開外加一腳，手上的甩棍更不客氣的直接擊上！

「老姐！」哇啊！老弟都已經抱頭鼠竄了，朝門邊踉蹌的亂撞，「快點！」

男人也往老弟那邊看去時，我冷不防的抽出後腰上的短刃，就朝男人手臂上劃一刀！

「我拿到血了！」我向後滑步，拉開與男人的距離，「專心點，一定要在指定的時間插進土裡！」

男人握緊拳頭，擰著眉看向自己手臂上的傷口，「這是幹什麼？」

「你以爲全天下只有一位師父懂那種術法嗎？」我得意的揚起嘴角。

我轉身立刻要奔向唐玄霖，可眼尾餘光立即看到一條拋出的繩子，直接朝我的頸子套了上來！

糟糕！

『讓——我——出——來——』

一陣低沉的咆哮怒吼驀地自我身體裡傳出，我甚至可以感受到一股強烈的氣流同時從我體內向外爆出，那股力量震開了本該套住我頸子的繩子，貨櫃裡所有物品東倒西歪，連想撕碎老弟的厲鬼們都發出恐懼的驚叫即刻躲藏，而包圍整個貨櫃的藤蔓雜草們亦紛紛顫動。

男子被迫踉蹌，在這間小小的廢棄貨櫃屋中，出現了幾秒的寂靜。

「不行！」我弓起背，彎腰咬著牙對自己說話，「不需要你！」

「那是什麼？」

男子的聲音冷不防就在我背後響起，我緊張的立刻回身，打直手臂呈防禦姿勢！我很快看見他手上握著忒粗的麻繩，跟嵌在那些女孩脖頸上的是同一款！

「世界上有很多能人，再難的題目都有破解法！我說過我們是來讓命運回到正軌的！」我衝他就是大吼，「你惹到不該惹的人了！我們也是有能力去反轉的——老弟！」

我是看著他的，但下一秒一旋身就把手裡的短刃扔向出口的老弟！

老弟一躍而起，在他伸手要接住我射去的短刃時，他映在牆上的影子邊，卻滿滿的都是其他亡者，若不是現在帶著血腥氣與生死存亡，眼前的景象活像是——一個準備灌籃的少年，加上五個想蓋他火鍋的妹子！

結果沒蓋成功，可是老弟又被某個女孩扯下來了！

緊接著我腹部遭到重擊，甚至讓我整個人向後撞上了貨櫃屋的另一端！咚！我的背重重撞上鐵皮，晚餐差點沒吐出來，那混帳居然狠踹了我的肚子！他絕對不如外表看的老實，因爲他的力道跟動作，全是有在鍛鍊的人！

我還趴在地上難以動彈，他已經朝老弟那兒去了。

「老……」我喊不出聲，趁人之危的爛咖。

我只能從老弟的叫聲判定他在逃在躲，他已經撿到短刃了，他知道該做什麼的。

「呃啊！」老弟才起身要往屋外衝去，橫空出世的一個女孩一爪往他的背部刨了下去。

我彷彿都能見到鮮血飛濺，老弟痛苦的跌出我的視線，他摔出貨櫃屋外了，但那個男人也追了上去！

「小心後面！」我吃力的喊出聲，努力的撐起身體趕緊朝門口去。

但根本來不及，那男人追出去，還沒到門邊就使勁朝老弟後背踹上一腳！我舉起甩棍趕至，狠狠的朝男人頸項揮去，發出清脆刺耳的響聲，他吃疼的跌在門邊，照理說我應該要連續追擊，可是現在我更擔心老弟！

我半跑半跌的滾出貨櫃外，老弟就狼狽的趴在地上，厲鬼們包圍著他，林語藝把勒死自己的繩子套緊他的脖子，這些人眞的非常執著於親自勒死他！

我趕緊再在空中畫了結印，又是一陣肉眼不可見的力量，震開了這些厲鬼們……暫時的，五秒鐘。

「起來！時間快到了！」我從後趕緊拉起老弟，「你——」

身後拳風襲至，我千鈞一髮閃躲，一回身就對上那殺氣騰騰的男人，他整張臉已經不見剛剛的老實溫和，取而代之的是一種見獵心喜的殘虐，凌厲的朝我進攻！

我左閃右躲，但他一趁隙就往老弟那邊去，我伸長手要阻止，他舉起左腳就掃至，這迫使我不得不向後退開，卻也因此與老弟距離越來越遠！

「時間！」我忍不住衝唐玄霖大喊，「只剩一分鐘了！」

老弟聞言，咬牙站起，用我教他的防身術勉強擋住對方的一拳，接著就想要再往外逃奔去……可是被虐殺的女孩們不願放過他啊！她們從他腳下的影子中爬出，緊緊纏住他的腳，甚至從牆上以扭曲拉長的姿態、張牙舞爪的撕扯他，她們不可能放過他！

「好女孩們，真是我的最佳幫手！」男人直接上前，意圖奪過老弟手中的短刃。

「不──」老弟無法掙開，他用手上的佛珠想驅走厲鬼，一邊將短刃往身體裡藏，「這不能給你，這絕對不──」

剎！說時遲那時快，對方一拳朝老弟肚子重擊，儘管老弟試圖抓緊短刃，但還是落上了地。

「你休想得逞！」我即刻大喊著，奔前就要阻止。

可男人離短刃太近了！他飛快的拾起短刃就往街道路燈下奔去，我看著厲鬼就要扯開老弟的頸子，嚇得趕緊再畫個符文結印斥退她們，滑到老弟身邊護著他，甩動著甩棍，能爭取一秒是一秒！

當我的手擱在老弟背上時，我只感到一片濕濡，隨意一抹，鮮血淋漓，他傷得很重啊！

「唔……」老弟趴在地上顫抖，他痛得直不起身了。

我們狼狽的在昏暗的貨櫃屋前，而男人已經走上那三十度的緩坡，往燈光下的地方走去。

「哼！」他是後退走著的，這樣才能看著我們，「早說過不要費這麼多工夫了吧！乾脆一點，他也少受這麼多罪對吧？」

「原話奉還給你。」我咬著牙瞪著他。

甩棍上有著驅鬼之力，我手腕穿過繫繩，轉動著甩棍，藏在黑暗中的厲鬼再凶戾，也暫時不敢貿然攻來。

「這世上，不就是適者生存，不適者淘汰嗎？」男人說得理所當然，「弱肉強食，我就是那個強者，所以那些女孩、你們，都只是該被我吃掉的弱者罷了。」

「是嗎？」我喉頭緊窒，聲線微顫，「你的理念就是，勝者爲王，敗者爲寇？」

「不。」他愉悅的把短刃朝嘴邊點了點，「敗者就只有死路一……」

他話沒說完。

因爲他已經發現到，那輕點在唇頰上的觸感，不像是具有傷害性的利刃，甚至還有點兒「軟」，所謂的刀尖可能還因爲他剛剛那樣點呀壓的，稍微往裡頭折了那麼一小角。

男人皺起眉看著手裡的短刃，看不清晰的他還後退了幾步，終於站在路燈下方，方能瞧見他手中的「短刃」。

那是紙折的。

噢，嚴格來說，是用「紅包」折的。

男人望著手裡鮮紅色的紙刀，半晌說不出話，他的手開始發抖，不可思議的看向了我們。

「要不要拆開來看看？紅包裡面有什麼？你可能會很熟悉喔！」我一反剛剛的緊張，從容的站起身，甩棍也放了下來，「你猜猜，裡面的符紙長怎樣？藏著誰的生辰八字？」

「不……不不，不——」

男人臉色大變，驚恐莫名的吼了起來，這深更半夜的，在寂靜的巷弄間格外響亮！

路燈就在他的左側，照得他腳下的影子又細又斜，而他腳下的影子漸漸變得龐大，然後冒出了一個、兩個、三個、四個……五個。

老弟吃力撐起了身子，我主動上前攙扶，任他勾著我的頸子，我們一步一步的朝著男人走去。

「謝謝你囉，撿起了我的紅包。」儘管老弟滿臉帶著鮮血，但笑起來依舊是帥呆了，「啊，你不必告訴我名字的，因為我絕對不會替你上香。」

男人咬牙咒罵了一堆髒話，氣忿的扔下紅包，他無暇理睬我們，直接衝回他的貨櫃屋躲藏處，我不知道裡面有什麼法器，或許有那位師父的護身符？但是，如果那些東西有用的話，老弟至於這麼慘嗎？

「以其人之道還治其人之身，還挺爽的。」老弟終於鬆了口氣，一拐一拐的走著。

「那是因爲只有這條路好嗎！我還眞怕他不搶那紅包咧！」我摟過老弟的腰，給予他最強力的支撐，至少要走到機車那邊去。

要破解這個，沒有別條路，正如施術的師父說的，唯有以同樣的方式，再把這個劫過給下一個，命格轉讓，讓下一位撿紅包的人被視爲眞凶，任厲鬼索命。

我們姐弟倆從不會說自己是正派人士，但嫁禍人的事也做不出來，既然別無他法——那就讓事情回到正軌吧。是眞凶，殘忍的虐殺了五個女孩；是眞凶，將她們埋在不知名的地方；是眞凶，讓她們一個個化身厲鬼，就爲了找他索命。

既然如此，這件事該負責的人，就只有一個人。

駭客少女一路追蹤監視器，找到了變態的藏身之處，我們再「溫柔的請求」那位師父幫我們施行一樣的術法，封好折好，然後我們再將數個紅包袋組起來，折成了短刃狀。

剛剛割傷他的刀是眞的，但黑暗中我換了手也換了刀，可是他會認爲我要拿他的血施法的。

這怎麼能算詭計多端呢？只是跟他當初設計老弟一樣罷了。

接下來我跟老弟只要以一種拼命的心態去求生，卡時間要施術，我也要有足夠自信讓他認為我們另有他法，心虛的凶手不敢去賭的！即使僅有萬分之一的機會，他也不敢賭，因為他就是這樣害慘老弟的。

他會從懷疑，到試圖阻止我們，一定要讓他想要奪走帶有他鮮血的「祕密武器」，最後的關鍵就是老弟，他拼死都不能讓凶手「奪走」紅包，而是要讓他「撿起來」。

適當的時機放手，是很重要的。

而唐玄霖，從來不需要讓我擔心這點。

「啊——啊啊啊——」

跨上機車時，我聽見了遠方傳來的，淒厲的慘叫聲。

兩旁住戶的燈都亮了，這叫聲太淒厲，我趕緊發動機車離開，慢走等等就走不了了。

「抱好了，唐玄霖。」我騰出一隻手，覆在圈緊我的那雙手上。

我不閃不躲的刻意繞行，就是要經過那廢棄的鐵皮貨櫃，裡頭慘叫聲不絕於耳，女孩們果然沒有立即殺掉他的意思，因爲當初他對她們下手時，也是這樣慢慢慢的凌虐，不是嗎？

「差一點……就是我了。」老弟趴在我身上，虛弱的說。

「有我在，」我堅定的看向前方，遠離了那鐵皮屋，「誰都別想動我弟！」

這是我們姐弟倆人生中最痛苦的一個過年。

什麼好料都沒吃到就算了，連看著桌上的紅包都會有恐懼症，拿起來看一眼都略顯爲難。

「要不妳先拿？」老弟擰著眉，嚴肅的看著客廳茶几上的紅包。

「要不你先吧？」我是大姐，理應讓弟弟先。

啪啪，頭頂兩掌直接劈來，我跟老弟毫不猶豫的同時拿起紅包，站起身恭恭敬敬的向老媽一鞠躬、再向老爸一鞠躬。

「謝謝老爸老媽。」連這句都異口同聲。

「給你們紅包還在那邊想？要不然都不要好了！」老媽動手就要抽走我們手

裡的紅包，我趕緊舉高手，「拿來啦！」

「我們有紅包ＰＴＳＤ嘛！」我跳到沙發上，「謝謝老媽！恭喜發大財！」

「我是會害你們喔？紅包能有什麼Ｐ什麼Ｄ的？你們兩個這個過年全身是傷我都沒在講話了！」老媽不爽的碎碎唸，「我就看，看你們有幾條命可以這樣搞啦！」

「媽……媽媽媽——」老弟趕忙上前，「別氣了，我知道妳是擔心我們，但我們是不得已的啦！要不是我撿紅包，也不會出這麼多……啊啊！」

老弟吃疼的皺起臉，老媽立即緊張的查看，他全身都是割傷，那晚又多縫了好幾十針，甚至還有許多皮被撕掉的傷處，但我知道最痛的是那些沒有傷口的痛處，幸好阿天給了老弟藥膏，他都乖乖按時間擦。

原來在我沒留意時，厲鬼把手伸進他體內，內臟是沒攪爛，但邪氣都留下來了。

「你們這一個個喔，到底是怎麼回事？恩羽以前身體跟牛一樣，玄霖再差也不是這樣子……」連老爸都憂心忡忡，「發生了什麼事？可以跟老爸說啊！」

客廳突然陷入靜默，老媽扶著老弟坐下，他低著頭不講話……敢情這是把球丟給我嗎？

「我們也沒瞞你們啊，就是老是遇到一些爛事！撞邪撞鬼，像這次就老弟幫人撿個東西，誰知道被設計成撿紅包過命格。」我草草交代，很多事講不清的。

「撿紅包？」老爸倒抽一口氣，「你被人家看上了啊？」

See？我就說，跟老爸說喔，怎麼說都沒用啦！

「沒事啦！不是你想的那樣啦，反正現在沒事了，明天我們去廟裡拜拜！」

老媽打斷了我的話，「我看要多求點平安符，這樣下去不行。」

「媽，不會一直有事吧？我沒有想『一直這樣下去』！」我打了個寒顫，瞧老媽說的。

「啊不怕一萬只怕萬一啊！幫人撿個東西都會出代誌了！」老媽頓了一頓，「啊上次那個師父咧？」

「不知道，不想知道……他話都說得冠冕堂皇，但聽起來很令人不爽。」老弟提起師父就不太高興，「人們自己的選擇？問題是別人東西掉了，我幫忙撿起來我就倒楣？意思是叫我不要助人嗎？我——咳咳！」

老弟一激動，就又開始咳了！唉唷，我們兩個眞的都成病弱雞了。

就這種身體，哪還撐得住下一次的……呸呸呸！哪來的下一次！

「我扶他進去休息。」我跳下沙發，攙起老弟。

老弟擺擺手，「我沒那麼虛好嗎！」餘音未落，他撐起身子的膝蓋登時一軟，還是我及時撐住了他。

有老姐在，逞什麼強？

老媽憂心忡忡的看著我們，邊跟著我們回房，準備了兩杯熱水擱在我們桌上；我跟老弟暫時換床，他那種傷勢，爬不了上鋪。

「老媽，廟就不必去了。」老媽出門前我趕緊的說，「那些用處不大。」

老媽回頭，眉頭深鎖，「是喔……」

「我們有找到方法了，妳放心。」我盈滿自信的笑容，朝老媽豎起大姆指，「新朋友！」

老媽沒吭聲，滿眼裡都是擔心，最終就嘆口氣，點點頭，把門關了上。

我回身看向連躺上床都辛苦的老弟，趕緊仔細扶他側躺，因爲他整個背都是厲鬼利爪切開的傷口，無法正躺的；我再掀開他的衣服替他上藥，看著那黑紫的切口，這每一刀都不是他該受的。

「老姐，」趴在枕上老弟悶悶的說，「我不想再遇一次這樣的事了。」

「我不樂觀。」我拿棉花棒輕柔的替他上藥，「我們現在遇到好兄弟或垃圾事的狀況越來越多了。」

「我不是說不想看到……我是不想啦，但我不是傻子，我也能明白從那個萬聖節之後，事情就變了。」他轉頭朝我這邊，「我意思是說，我不想再處於挨打的位置了。」

「嗯哼，話說得容易！五個厲鬼圍你一個，你怎麼躲？」

老弟靜默了幾秒，「看來我只能變得更強大了。」

是啊，我不自覺的嘆氣，我們的確只有這條路可以走，必須變得更加更加強大。

強大到即使會受傷，也不會只被打一下就倒。

「那傢伙都沒上新聞，反而是我們被警察問了半天，爲什麼我們半夜待在那裡、在那裡做了什麼？」老弟忿忿不平的說，「我都快死了，還要在醫院裡一直被問。」

那晚眞凶的慘叫聲響徹雲霄，自然有人報警，但是警方在那貨櫃屋裡只找到滿屋噴濺的血跡，卻一塊肉屑都沒找著；鑑識小組搜證後，卻發現到處都是我跟老弟的痕跡，調閱監視器，我們更是在慘叫聲的背景烘托下騎車離開，橫看豎看，都像是逃離現場，被找到是一定的，更別說當時老弟在急診，那種傷口早就被通報了。

我實話實說，有人攻擊我們，但受傷的是我們姐弟倆，更大量的血跡我就不知道，也承認慘叫聲我們都有聽見，只要調監視器，都能發現當時我機車鑾慢速朝裡看呢！但我沒有打算救人的態度非常明顯，至於對方是誰，我不知道，我也不在乎。

我眞不知道他姓啥名誰，我只知道，那是個變態連續殺人犯，他極有可能殺死了五個失蹤女孩，並且把她們埋在沙地裡。

實話一旦離奇就沒人信，但幸好有位章警官是信的。

對照我們說的五個女孩，的確都是失蹤人口，的確也有可能凶多吉少，只是屍體埋在哪兒，眞的難以搜查，我們也只知道沙子這個線索，不過我有保留沙子給警方做檢驗，說不定眞的能找出那些沙子源自於何方吧！

或許眞有機會，好好的把女孩們挖出來……說不定也能找到那位消失的男人？

「找到那混帳時，也是那些女孩重見天日的時候吧！」我輕輕揉揉老弟的頭，「先休息吧！」

我抓著鐵梯，登著一腳就跑到上鋪，我也累啊，身心俱疲的累。

「老姐。」快睡著的聲音從下鋪傳來。

「幹嘛？」我隻手擱在額上，都快睡著了咧！

「新年快樂。」

「噗——」我忍不住噗哧一聲笑了出聲，新年快樂咧！

我微微睜開雙眼看著過近的天花板，是啊，現在還算過年呢！我都差點忘了……溫熱的淚水冷不防的滑了下來，在我意識到之前。

好累、好倦，我實在厭惡這種生活！

那種生死一線的恐懼與緊繃，眞的不想再承受了……我用力做了一個深呼吸，就在這瞬間，一股黑暗的想法油然而生。

「新年快樂。」我回應著，順便敲敲自己的身體。

我體內的傢伙如果認爲，我就此沮喪下去的話，那就大錯特錯了。

累歸累，我睡飽起來後，又是一條好漢，這次沒依靠體內的傢伙，以後我也希望少用，別想占據我的身體。

下輩子吧你。

「請不要靠近，在那邊說話就可以了。」胖胖的小孩緊張的趨前，阻止了婦人再往前，婦人愣了住，疑惑的看著眼前的木牆。

「但我有事要問師父啊！」

「在那邊就可以了！師父聽得見，要轉交什麼都拿給我就好。」小胖子認眞的說道，「等等八字就寫在前面的黃色紙上，我替妳拿進去。」

「這麼神祕……師父果然是高人……」婦人雙手合十緊張的拜了拜，趕緊趨前拿起紙筆，「師父，我是來問我孩子的運勢！看能不能讓他們運勢一飛沖天，然後——」

唰！一陣強風突地掃進，吹倒了屋內的東西，砰磅鏘鏘的嚇得婦人縮起身子，回頭看著掉落一地的物品，旗子、塑膠椅、杯子，連保溫壺都被吹倒在地，簡直一地狼狽。

婦人略爲吃疼的撫上臉頰，她的臉怎麼還刺刺的？伸手一摸，都是細沙。

「風怎麼這麼大？還帶著沙啊！」婦人用手背使力抹了抹，根本天然磨砂膏。

「啊……」小胖沒回答，反正一臉恐懼的樣子，不安的越過婦人，往另一端瞟。

婦人狐疑的順著他眼神望過去，才發現在角落的一張桌子上，立了一個草人，剛剛那陣風，彷彿將草人吹爆開似的，上頭的稻草都呈現炸開的模樣。

「欸，這是什麼？」婦人好奇的走過去，只見草人立在桌子中間，但整張桌子卻滿滿的都是沙子，「哎唷，怎麼這麼髒？」

「妳不要亂動！」小胖像是回了神，急忙衝過來，「那是師父的東西，妳有有有有事快點問，回來這、這這邊啦！」

婦人看了小胖一眼，流露出憐愛，「孩子，你眞的跟錯師父了……」

咦？小胖驚愕的看著婦人，趕緊飛快的搖頭，「妳妳妳在說什麼，師父對我很好，師父他——」

「淨做一些見不得人的缺德事，我就奇怪，能把某個人的命格轉到別人身上，牽扯的不是厲鬼就是殺氣重的凶嫌，他怎麼可能沒事？」婦人二話不說，直接端走了眼前的盤子，「又用替身喔，這次不知道是哪個倒楣蛋！」

咦咦！小胖嚇得呆在原地，眼睜睜看著婦人把草人盤給端走了！

「師、師、師父——」小胖哭喊著往屋裡衝，「那個阿姨把草人帶走了！」

「什麼!?」裡頭的師父跳了起來，趕著往外跑，「你怎麼沒阻止她啊!?」

小胖根本慌了，他什麼都反應不及，胖胖的小臉哭得紅紅的，師父急起直追，衝出去時婦人已經騎著摩托車離開，他捕捉到紅外套的背影，也跨上機車追過去。

婦人沒有騎很快，師父輕易追上，他在後面大聲吼著，「把東西放下！妳拿那個做什麼!?」

「這最終替身該不會是那個胖小子吧？我不信一個草人可以擋下那些煞！」婦人也扯開嗓子吼著，「你是先做這些準備，最後再讓那胖小子代你承受業力回報吧！」

「多管閒事！把術盤還給我！」男人都追到並肩了，婦人才突然加速，這看

得男人異常緊張，就怕擱在腳踏墊那盤東西的草人會掉出來，

婦人不管不顧，彎進巷裡左彎右拐，最後停在附近一處荒地前。

荒地有著破敗的木頭籬笆，裡頭雜草叢生，可還有一小塊地方種了菜；這塊地的地主因爲價格還沒跟建商談攏，所以暫時擱置，他閒著就種種菜，反正未來勢必是要興建成大樓的。

婦人只知道這邊有這麼多的土，是個她喜歡的好地方。

「喂——住手！妳做什麼!?」師父緊急趕到，只見婦人端起整個術盤，直接就往裡頭的土地裡丟，「哇啊！不行啊！」

師父連好好停車都沒辦法，跳下車後任機車倒在地上，立即衝進了荒地裡！婦人老神在在的坐在她的機車上，扔出去的術盤跟草人自行分離，術盤裡的一堆東西也四散了。

踩過前頭的菜苗，師父趕緊把草人給撿起來，其他東西都可以不管似的，僅抱著草人就要跑出來，跑……如果他能跑的話。

男人正面向著婦人，他們之間隔了大概三公尺的距離，土地、籬笆與人行道，即使這麼短的距離，但男人握著草人，一步也跨不出來。

「啊啊……」師父回頭往自己置後的右腳瞥了眼，旋即驚恐的朝婦人伸長手，「救我！救我！」

「啊？救什麼？」婦人皺起眉，在座位站起往前探，「你是不會走出來喔？」

「我被拉住了！拉住——哇——」

說時遲那時快，師父猛地向後一顫，居然一股力量往後拖拉，咚的一屁股摔進了後頭的沙土地上！

婦人連忙熄火，焦急的下車來到籬笆邊，看著土裡竄出一隻一隻腐敗且滿是傷口的手，緊緊纏著師父往土裡拖！

「不是我的錯！冤有頭債有主，妳們已經找到他了啊！」師父試著掙扎，但他身上的手真的太多了！

婦人沒跨進籬笆裡，吃驚的看著師父的下半身一寸一寸的隱沒，她還真不知道這裡的土壤層有這麼深？能把一個至少一百七十五公分以上的男人拖進去嗎？她認真的看著纏在師父身上的數隻手，還有從背後跳出起勾住他頭項的人。

青天白日，她卻只能見到黑漆漆的……土人。

師父崩潰的開始唸起咒語、騰出手想結印，此時土裡某人出現一雙她篤定是男人的手臂，環住師父的身體，啪剎地把他用力往土裡拖。

「救我——拉我啊——」師父幾乎只剩下頸部以上了，滿眼血絲的朝著婦人求救。

「有我在，」婦人堅定的看著他，「誰想傷我孩子，就得付出代價！」說著，婦人從口袋裡拋出了一疊紅包袋。

站在原地，聽著師父驚恐的求助，直到他被拖進了土裡，沒有聲音爲止。

叭——叭——不遠處的後方傳來了喇叭聲，她回頭，是個熱心的路人。

「怎麼了？需要幫忙嗎？」

「沒事！」婦人笑著回身，走向自己的機車，「我只是在看這塊地，想看看能不能租一塊地來種菜？」

「喔！」路人尷尬笑笑，「可以嗎？」

「不行！」她轉動龍頭，喬機車方向，「感覺只能拿來埋垃圾而已呢！」

後記

【Div（另一種聲音）】

紅包這故事，可以說是「老師」這個超級大反派的尾聲，從最初「清明」時那冤魂少女魅影，他的存在跨越了「中元」、「萬聖」、「聖誕」，到「三把火」，若有讀者一系列看下來，應該會覺得老師的形象逐漸清晰，彷彿從幕後逐漸走向幕前的感覺。

到了紅包，老妖怪終於要掀開底牌，和正義的力量對決了。

對我而言，正反派的力量的正面衝突，寫起來是非常過癮的，唯一要小心的是字數不要爆表。

而老師的退場同時間也代表吳家恩怨也將到此告一段落，更帶出我期待的角色「小杓」，一個必須在大廟養、不然會養不活的女孩，也是一個把香灰當泥沙、把符紙當作圖畫紙而長大的女孩。

她的力量，就是大廟的力量，也是這世界正道的力量，她未來還會遇到什麼呢？

最後，感謝所有購買或看過「詭軼」的朋友，對我而言，能持續創作是一件快樂的事情，而有讀者更能將這樣的快樂推升百倍。

讓恐怖與妖異，成爲我們閱讀的日常吧。（笑）

【尾巴 Misa】

越是簡單的主題，越是難寫。

大家一定都聽過路上的紅包不能撿對吧？打開以後裡面會放著照片、生辰八字、頭髮、指甲等，然後就會有人出來恭喜你，娶到老婆了。

如果妳是女生呢？那就是家裡的男人來娶啦。

娶鬼妻，好處多還是壞處多呢？

撿紅包就是一個這樣的習俗，還有另一個說法是過厄運，代表你同意接受他人的厄運。

但無論是哪種說法，好像就已經限定了故事的發展，所以越是簡單的主題，就越是難寫啊！

尤其是四位作者的主題都一樣，到底該怎麼寫才不會雷同呢？

我一直到了快要交稿前，才眞正決定好要怎麼寫。

在寫的時候，我貧乏的腦中浮現的豪華社區是我家附近的別墅區，記得小時候去拜訪阿姨家時，看見住家社區裡面居然會有小巴士接送，還有便利商店進駐

時，簡直大大的震驚，怎麼會這麼豪華～

那已經是國小的事情了，但是在寫的時候，腦中自然就浮現了當初的景致，也可能是因爲這些年來都沒有參觀過其他豪華社區，所以才只浮現小時候去過的地方吧哈哈哈。

總之，在這樣豪華的社區裡頭，有一個鬧鬼的租屋，雖然那棟租屋可能不像社區其他的房子漂亮，但一樣是在豪宅區裡面，你會去住嗎？

有一句話是，鬼不可怕，可怕的是窮（還是這是我自己說的？），所以無論是怎樣鬧鬼的地方，一定還是有被生活所逼的人前往。

如同故事的男主角一樣，最後對他來說，是一段愛情故事對吧？

而且一次還三個老婆，所謂的齊人之福啊，老婆還不會吵架，又能夠幫老公處理很多事情，例如老公被欺負，老婆馬上衝給對方冰涼陰森的感受，或是老公以後工作有麻煩，老婆也能幫忙一下哈哈哈。

以後等男主角娶了陽間的老婆，三位老婆也要好好疼惜老四，並且會保佑老四的孩子身體健康。

嗯，好處多多啊！是不是！

所以，這是一個愛情故事，對吧！

【龍雲】

大家好，我是龍雲，很高興在這邊跟大家見面。

這次的主題是紅包，我是最後一個挑選題材的人，本來想說，冥婚可能一下子就被挑走了，誰知道最後竟然沒有人挑冥婚，還眞的是大出我意料之外。

所以最後就決定寫冥婚了。

了解我的朋友們應該知道，冥婚對我來說，一點也不陌生，畢竟過去的作品之中，有個角色就是靠這門生意賺錢的。不過這次寫的是全新的內容，跟那位角色沒有什麼關係就是了。

雖然說很早就決定好要寫什麼，但是一直都只有一個大概的想法，後來實際上動筆的時候，剛好因爲許多其他的事情也一起在忙，所以有點忙不過來的感覺。

不過最後還算是蠻順利就寫完了，畢竟這個故事已經在心裡面想了很久，所以實際上動筆很快就寫完了。

就結果來說，我自己還蠻喜歡這篇故事，當然也希望大家會喜歡，那麼我們下次見囉。

【笭菁】

新年快樂！

喔耶，二〇二三的過年如此美好，因爲我已經出國玩回來啦！眞的非常非常希望今年一切都恢復正常！

這次的主題是撿紅包，其實原本是去年的企劃，不過適逢今年過年早，於是就把應景的紅包擱在這兒了！

當然希望大家過年拿的紅包都是喜氣洋洋，來年萬事順心，身體健康喔！別忘了，路邊紅包不要亂撿喔！

最後，感謝購買本書的您，購書才是對作者最實質且直接的支持，沒有您們的購書，作者便無法繼續書寫，萬分感謝、銘感五內！謝謝！

新年快樂，兔年通通旺！

笭菁恭賀

境外之城 144

詭軼紀事・陸：禁忌撿紅包

作　　者／Div（另一種聲音）、尾巴Misa、龍雲、笭菁
企畫選書人／張世國
責任編輯／張世國
發　行　人／何飛鵬
總　編　輯／王雪莉
業務經理／李振東
行銷企劃／陳姿億
資深版權專員／許儀盈
版權行政暨數位業務專員／陳玉鈴
法律顧問／元禾法律事務所　王子文律師
出版／奇幻基地出版
城邦文化事業股份有限公司
台北市 115 南港區昆陽街 16 號 4 樓
電話：(02)25007008　傳眞：(02)25027676
網址：www.ffoundation.com.tw
e-mail：ffoundation@cite.com.tw
發行／英屬蓋曼群島商家庭傳媒股份有限公司城邦分公司
台北市 115 南港區昆陽街 16 號 8 樓
書虫客服服務專線：(02)25007718・(02)25007719
24 小時傳眞服務：(02)25170999・(02)25001991
服務時間：週一至週五09:30-12:00・13:30-17:00
郵撥帳號：19863813　戶名：書虫股份有限公司
讀者服務信箱 E-mail：service@readingclub.com.tw
歡迎光臨城邦讀書花園 網址：www.cite.com.tw
香港發行所／城邦（香港）出版集團有限公司
香港灣仔駱克道 193 號東超商業中心 1 樓
電話：(852) 2508-6231 傳眞：(852) 2578-9337
馬新發行所／城邦（馬新）出版集團 Cite (M) Sdn Bhd
41, Jalan Radin Anum, Bandar Baru Sri Petaling,
57000 Kuala Lumpur, Malaysia.
Tel:(603)90563833　Fax:(603)90576622
Email:services@cite.my

封面版型設計／邱哥工作室
排　　版／邵麗如
印　　刷／高典印刷有限公司
■2023 年1月5日初版一刷
■2024 年8月30日初版3刷

售價／340元

國家圖書館出版品預行編目資料

詭軼紀事・陸：禁忌撿紅包／ Div（另一種聲音）、尾巴 Misa、龍雲、笭菁著－初版－台北市：奇幻基地出版；家庭傳媒城邦分公司發行；2023.1
面：公分．－(境外之城：.144)
ISBN 978-626-7210-06-2 (平裝)

863.57　　111018770

ISBN 978-626-7210-06-2

Printed in Taiwan.

※ 本故事內容純屬虛構，如有雷同，純屬巧合。

廣　告　回　函
北區郵政管理登記證
台北廣字第000791號
郵資已付，免貼郵票

104 台北市民生東路二段141號11樓

英屬蓋曼群島商家庭傳媒股份有限公司城邦分公司 收

請沿虛線對摺，謝謝

奇幻基地

每個人都有一本奇幻文學的啓蒙書

奇幻基地粉絲團：http://www.facebook.com/ffoundation

書號：1H0144　　書名：詭軼紀事‧陸：禁忌撿紅包

請於此處用膠水黏貼

奇幻基地

讀者回函卡

謝謝您購買我們出版的書籍！請費心填寫此回函卡，我們將不定期寄上城邦集團最新的出版訊息。

姓名：＿＿＿＿＿＿＿＿＿＿ 性別：□男 □女

生日：西元＿＿＿＿年＿＿＿＿月＿＿＿＿日

地址：＿＿＿＿＿＿＿＿＿＿

聯絡電話：＿＿＿＿＿＿＿＿傳真：＿＿＿＿＿＿＿＿

E-mail ：＿＿＿＿＿＿＿＿＿＿

學歷：□1.小學 □2.國中 □3.高中 □4.大專 □5.研究所以上

職業：□1.學生 □2.軍公教 □3.服務 □4.金融 □5.製造 □6.資訊
□7.傳播 □8.自由業 □9.農漁牧 □10.家管 □11.退休
□12.其他＿＿＿＿＿＿＿＿

您從何種方式得知本書消息？
□1.書店 □2.網路 □3.報紙 □4.雜誌 □5.廣播 □6.電視
□7.親友推薦 □8.其他＿＿＿＿＿＿＿＿

您通常以何種方式購書？
□1.書店 □2.網路 □3.傳真訂購 □4.郵局劃撥 □5.其他

您購買本書的原因是（單選）
□1.封面吸引人 □2.內容豐富 □3.價格合理

您喜歡以下哪一種類型的書籍？（可複選）
□1.科幻 □2.魔法奇幻 □3.恐怖 □4.偵探推理
□5.實用類型工具書籍

有更多想要分享給
我們的建議或心得嗎？
立即填寫電子回函卡

您是否為奇幻基地網站會員？
□1.是□ 2.否（若您非奇幻基地會員，歡迎您上網免費加入，可享有奇幻基地網站線上購書75 折，以及不定時優惠活動：http://www.ffoundation.com.tw/）

對我們的建議：＿＿＿＿＿＿＿＿＿＿
＿＿＿＿＿＿＿＿＿＿
＿＿＿＿＿＿＿＿＿＿

請於此處用膠水黏貼